原来你什么都不想要

李欣伦 著

广西师范大学出版社
·桂林·

中文简体字版©2024年，由广西师范大学出版社集团有限公司出版。
本书由木马文化事业股份有限公司正式授权，同意经由 CA-LINK International LLC 代理，由广西师范大学出版社集团有限公司出版中文简体字版本。
非经书面同意，不得以任何形式任意重制、转载。
著作权合同登记号桂图登字：20-2023-202 号

图书在版编目（CIP）数据

原来你什么都不想要 / 李欣伦著. -- 桂林：广西师范大学出版社，2024.1
ISBN 978-7-5598-6483-3

Ⅰ.①原… Ⅱ.①李… Ⅲ.①散文集－中国－当代 Ⅳ.①I267

中国国家版本馆 CIP 数据核字（2023）第 201653 号

广西师范大学出版社出版发行

（广西桂林市五里店路 9 号　邮政编码：541004
网址：http://www.bbtpress.com）

出版人：黄轩庄
全国新华书店经销
深圳市精彩印联合印务有限公司印刷
（深圳市光明新区白花洞第一工业区精雅科技园　邮政编码：518108）
开本：787 mm × 1 092 mm　1/32
印张：8.875　　字数：150 千
2024 年 1 月第 1 版　　2024 年 1 月第 1 次印刷
印数：0001~5000 册　定价：52.00 元
如发现印装质量问题，影响阅读，请与出版社发行部门联系调换。

好评推荐

更犀利、更细致、更全面的女性与身体叙述,疏离于己的写法,有小说的客观、诗的陌生化。虽然文字如清水芙蓉更易读,然时间自由穿梭,自我多面分化,让散文的面向更复杂可观,文字圆熟如转珠。前面几篇翻开革命性的李欣伦,令人惊心动魄,之后复归于孩子,还好还好,作者再度刷新自己,你得细细读来,方知其中惊险。

——周芬伶(台湾东海大学中文系特聘教授)

精准的文字描绘了学术界女性对于婚姻、家庭、生育、母职,甚至两代人的母女关系的体验与看法。文中对台湾婚姻家庭、性别关系的描绘其实也普遍反映各行业的女性劳动者或专职主妇的生活情境。追求成功的男人常常不在家,母亲成为照养小孩的角色。上两个班的人生,时间贫穷的日常,也许最重要的是保留自我照顾的时间。

——陈美华（台湾中山大学社会系教授）

从懵懂的幼年，一路长成忧郁的青春少女，以为自己理解的世界就是真理，然而历经了灾难与生命的消逝，走过了孕育生命的苦难，品尝微微重男轻女的荒谬，就在人生的赛道上好不容易把该争取的都争取到之后，才发现"原来你什么都不想要"竟是心里底层最渴望的呐喊。

散文家李欣伦，真正从生命中萃取出创作原汁的女作家，用笔尖写出只有女性才懂得的，生命褶皱的苍凉美感。

——李仪婷（亲子教养畅销作家）

这本书的一切皆是安静的残忍。婚姻是残忍。婚姻现实是残忍。婚姻里性别的战争是残忍。"原来你什么都不想要"，所谓的自由，某种意义上也是一种大残忍。其中若有什么是与这种残忍并存的，或许就是那些暴雨中一路将车开回家一类的片段。它是独属于一个人的无人知晓的狂飙,载着满车昏睡的家庭,危险侥幸地回到家。这种残忍,也只有她自己知道。

——言叔夏(作家)

勇敢,是读欣伦这本作品,我心中所下的最大的脚注。她的真诚使我几乎无法直视,许多章节,甚至令人感到疼痛。

又五年,欣伦的人生再往前推进了一程。《原来你什么都不想要》写家庭关系中女子的处境与负重,既犀利,又温柔。作者的意志时而鼓舞坚强,时而哀伤坠落。

如果生命是趟苦乐参半的旅程,幸好,我们还有欣伦流转的眼神。

——吴妮民(作家)

或许是哼唱过同一段青春,读着,不知不觉就唱起,但转耳是孩子的哭声,厨房的碰撞声,夫妻间的无声,以及努力将各种声音的滂沱收到锅里,敲击出来的喃喃,如歌如泣,仿佛,我们泅泳在同一段,为人父母的逆流里。

赤裸，真诚，痛，仍骄傲舞着。游戏，但不像玩弄；自白，但不愿自弃。书写了你想说的，又正是你说不出的，欣伦，用她的笔，撑起自己，也扶了你我一把。

方舟的桨，我们一同划着。

——郭彦麟（作家，精神科医师）

《原来你什么都不想要》，是说到一半的话。只要一半，你就知道另一半的不简单；只要一半，就能读懂另一半的机关。人情离散，散文先知，更是这本书的绝美。先说从前想要，你就知道现在不要。十多年前的隐形果冻胸罩与塞浦路斯镶着金边的时光，前者起了黄斑，后来的时光，就也不必道尽。辛波斯卡的诗作《一个女人的画像》，被拆解为书的辑封内容，取代如指证般的直接引用，消音、隐声，却分明开了口。除不尽与说不尽的话语，原来你什么都不想要，原来也什么都不必说。

——蒋亚妮（作家）

目 录

推荐序　腾飞于沼泽之上………1

辑一　之后

之后………3
洞与缺口………22
虚线与斑点………39
半脸………55

辑二　头朝下

头朝下………71
末日音声………94
水面下………109
躺地上………125

辑三　假日游戏

假日游戏………139

之间………149

战栗游戏………157

一个母亲的误读………171

屑屑………186

辑四　方舟

等待………203

方舟………216

梦中足迹………229

回娘家………239

原来你什么都不想要？………249

后记………261

推荐序

腾飞于沼泽之上

杨佳娴 / 作家

　　张爱玲中学时代回答校刊对毕业生的调查，在"最恨"一栏答"有才华的女子忽然结了婚"，而当代则有"名言"曰"文艺女青年这种病，生个孩子就好了"，二者在读书圈内均传诵甚广。看似冲突，其实一体两面。

　　婚姻家庭制度将亲密关系绑得更紧，在法律见证下，擘画一个彼此支持实现的远景，不离不弃，努力达成，"我做的一切都是为了这个家"，台词耳熟能详，用于赚人热泪，也用于情绪勒索。李安苦熬成功、妻子默默支持的故事，几乎成了婚姻故事的典范。网络上转帖"过去的人，东西坏了会想要修补，而非直接丢弃，所以也不轻易离婚"之类的警句，相反共存，则有各种"靠背老公／老婆"在线社团内人人苦劝"快逃啊""放生吧"。

我们是否可能深爱孩子同时厌倦母职、渴望亲密关系同时厌倦妻职？称之为"职"，并非可领薪资，而更是来自其以家庭为主要场域，但与社会共构合谋的身份，具有身体与法律门槛，包含了期待与框限、理想化与浪漫化。女性作家笔下往往能看到亟欲逃离母职或妻职，或在母职与妻职中辗转挣扎的女性，我想起萧飒《我儿汉生》中面对儿子时频繁短线暴走，仍试图一次次理性沟通，自我说服应该放手应该支持却看不到尽头的母亲，或赖香吟《静到突然》里，面对丈夫理性冷静解释的面孔，却不由自主失控叫喊出声，仿佛更证实了失职的妻子。

詹姆逊曾指出第三世界那些看似个人的文本，都应该当作"民族寓言"（National Allegory）来阅读；而李欣伦散文新作《原来你什么都不想要》，看似抒发个人在婚姻、家族、妻职与母职里的遭遇，实则同样能当作女人在社会里一切处境的寓言。全书开篇《之后》，先钩沉记忆，那些曾向母亲、父亲悲诉的女人，满腹苦水、心身不宁，眼看着男人们奔向虚拟金城，百折不回，一生积聚瞬间崩散，劫灰滚滚，脚下软陷；倾诉不够，佐以药物，七天药往往五天就吃完，再多的药也压不住，症状永远是肠胃不适、感冒、胸闷。模糊故事飘进成长中的女儿的耳里眼里，多少年后有一日乍然醒觉，自己也正长期服用着肠胃、感冒、胸闷的药物；驱动着虚拟金城一座一座浮现的"时代巨轮"（多么熟滥的词！）也正卷动自己的家庭，从前是股票万点的激狂，现在改头换面，进化了、细致了，巧妙命名的投资机会，佐以哲思鸡汤、新创名词，彻底改造三观，接近新兴宗教般的经营方式，掉进逻辑循环的人，也与虔诚教徒无异。

童年时代听见的故事，仿佛前世记忆。西班牙片《乱世安娜》，主角安娜在心理学家的催眠协助下，回溯了好几个"前世"，每一世在不同的文化与人生中，都包含了女性在父权社会中的紧张、受迫、质疑与反抗，这些经验也频繁联系到身体、亲昵、疼痛、狂喜、排泄……导演显然有意通过魔幻手法，让安娜来象征"女性整体"，《原来你什么都不想要》则是过分写实，逼近时并不把镜头转走，也不以隐喻或蒙太奇来削弱日常里的残酷。

读者可以狡狯，所写太让人不堪、不适，随时合上纸页，跳出网页。写故事，当然也有无数方法可以既留白又有寓意。可是，就生活在书中处境里的人呢？《原来你什么都不想要》揭开婚姻困境、家屋剧场，多么普通！（钱的问题这么伤人吗？不是说有情饮水饱吗？）又多么纠缠！（你怎么能不支持伴侣的梦想，尤其当梦想已经成了信仰？）因此《洞与缺口》终于发出烫口的问句："混乱的现在如何通往他口中镀金的未来？"

而身为写作者和文学教师，我们也熟悉叙事之可能与可为——那不是课堂上的命题吗？那不是营销上的手腕吗？那不是讨论诈骗事件时的切入点吗？时代巨轮耕耘疯长而出的致富秘籍里，李欣伦为我们整理好了叙事模式："三件事，十个步骤，五个地雷，七个问题，六张蓝图，一个原则。连续十天。早睡早起。专注呼吸。勇于说不。承认恐惧。拥抱自己。迎向未来。"有一天发现就掉进这样的深井里。信仰其实是单纯的事物，也许越容易专注的人越可能掉进去。

《原来你什么都不想要》乃沼泽之书,但仍有温暖透明的时刻。比如《水面下》,陪女儿学游泳,看她从颠踬到悠游,从胆怯到克服,向母亲投去渴望认同的眼神,母女一体的感觉特别强;另一方面,选购泳衣,小女生已经知道如何反驳母亲,对花色表达个人意见。但是,欣伦不打算把文章就停在母女的小情怀上,她追溯得更深一些,关于哭:啼哭不止的孩子,疲惫无助的大人,不耐谴责的旁人,哭声曾保证了孩子刚出生时多么康健有力,却逐渐变成随身家事,尚未社会化的孩子想哭就哭,这是终将失效的特权。文内将"解决办法"收束在"倾听与理解"——觉得老生常谈吗?——欣伦提出,"开明"同时是难题:不采取"我不理你"或打骂控制来应对孩子哭泣,撑出那个可以让孩子认识自我情绪的空间,母亲得承担更多的情绪劳动,不请自来的指点。成长和教养,从来不专属于亲子,也紧密镶嵌在亲族与公共目光交织的网络里。

同样镶嵌在亲族与公共目光交织里的,还有写作这件事。《战栗游戏》（或译为《危情十日》《头号书迷》等）所描述的，几乎就是写作者噩梦中最贴身的一件。《战栗游戏》原为斯蒂芬·金的名作，讲述书迷意外救了作家，因不满其新作，要求作家重写，且多次挑剔，作家受读者控制，想逃脱甚至被砍伤手足，整部小说最后可说是作者与读者的殊死之战。现实中呢，写作不仅被简化为"把不可见的私事公之于世"，还被视为对照表，读者（包括作者的爱人、亲戚、朋友、学生、陌生人）找答案填表，放大字句，蔓延成某种诊断，带着怜悯或鄙夷或发现新大陆（八卦）的快乐。这让欣伦重新审视当自己作为读者，是否也过度放大了不重要的细节、对于文中的含糊欠缺同理心。误读不只是理论，而是血肉真实。无数误读，以及误读带来的困扰，也可能反过来暴露、重构自我。

写作就像教养孩子，里外危机四伏。我仍然觉得，幸好有孩子，幸好有文学，《原来你什么都不想要》的沼泽里才因此还有可扶的栈板、可抓的树枝。这部散文集没有写成"怨苦集成"，而是置放于女性连续体,来彰显:你／我遭遇了什么?它是怎样出现、怎样运作而逐渐长成沼泽的?凭借阅读与书写,长期积累对于病与身的省识,这拉提之巨力竟使得一本书写沼泽的书并未陷入沼泽,鞋子里装满污泥而仍能腾飞起来,不很高,为的是可以稳稳回到地上。

辑一

之后

她一定乐于讨好。

乐于改变至完全不必改变的地步。

这尝试很容易,不可能,很困难,很值得。

她的眼睛可依需要时而深蓝,时而灰白,

阴暗,活泼,无缘由地泪水满眶。

她与他同眠,仿佛露水姻缘,仿佛一生一世。

——辛波斯卡《一个女人的画像》

之 后

· 红 ·

女人从家走出,喀喀喀,青春的打击乐敲击着水磨石地砖,妖艳之声。女性亲友们,姑姨们,身上飘散蜜丝佛陀皂的冷香,顶着彼时流行的大波浪卷发,笑声夸张,和这一切同样清晰的是高跟鞋声,每一步都踩出一枚高亢的音符。当我在客厅看电视,只要听到门外响起张扬的鞋声,就知道是她们来了。

她们来了。饱和的蓝紫色眼影,同一色系的连身花洋装,笋白的脚踩进高跟鞋,美丽佳人。有些姑姨和我并没有血缘关系,但只要记得对着她们高喊阿姨,她们就会边说"唉,好乖",边从缀满珠光的提包中,翻出外包装精美的饼干糖果,上面印着异国文字,塞入我的掌心。

其中一位我要叫孟姑姑。她和母亲好有话聊,香雾般的芬芳和淡淡汗味儿,从腋下飘散。我边吃饼干边看电视,只要她们压低音量或切成客家语声道,警觉的我也会切换模式:假装看卡通,实际上仔细辨识对话的内容。想来我的客家语听力就是如此这般被母辈的私语锻炼出来的。听了几个月,有些字自动反复被吐出来:钱;她老公;啊,好可怜;唉,苦命。

但八九岁的我其实听不出个所以然来,因为有时不小心就认真进入卡通世界,忘了该继续"窃听"。或当我努力辨识客家语的意思时,又不慎被那朵红艳艳的唇给吸引。孟姑姑的红唇太像电影明星的了。于是我连带注意起孟姑姑放下的茶盏边缘,朦胧胭脂,红色月牙。红得那么招摇又明亮,红得令我分心,别说她们的八卦我再无法留意,最后连卡通都不知道在演什么。每次孟姑姑离去,我总抢先收拾茶杯,杯缘的唇印清晰,<u>丝丝纹理皆在</u>,好像准备开口说话。

长大之后,只要说起"性感"两字,杯口的红唇就如蓓蕾般在记忆中绽放,吐露香华。

· 黑线 ·

女人从家走出,踏进父亲的中药铺。

记得有个女人,眼线总画得过分浓密(恐怕是文上的?),总趁父亲拣药时,连珠炮似的讲话。童年的我注意到她说话时,眼线会上下跳动,像蠕动的虫。大多时候,她眉头紧蹙,在眉间凿出深刻的沟,那么深,即使放松下来,沟已是一条黑线,挂在脸上。我不太清楚她讲什么。我的年龄和客家语听力,还不到可以听懂滚滚红尘中的男女情事的程度,但看起来她很激动,有时嘴唇还无法克制地颤抖。父亲通常不太回话,待他整齐包妥药材递给女人,女人会稍微缓和下来,从花袋中摸出铜板或纸钞,递给父亲。待父亲收妥钱,她会从刚才中断的地方继续诉说,熟极而流,完全停不下来,直到下一个人走进来。

日后说起"苦命",我会立刻想到她。黑线从眉心降下,话语从口中滚出,无声吸纳抱怨声的中药材,是否炖出了焦黑的苦水?

·"之前"的静·

另一个女人,从某条街走来。阳光炽烈,让在光天化日下行走的人们,肤色似乎更深了。她常常这样走来,没打洋伞,没戴墨镜,却始终苍白。魂一般飘进来,恰好是"倩女幽魂"的年代。

印象中,我曾看过"之前"的她。中学老师吧,就是你见过的那些女教师,一头黑得发亮的直发[想到她的发,一整个海伦仙度丝(海飞丝)的人工芬芳就甩上我的脸,精致的珠光色泽],声音软绵,温婉中又带些控制得宜的淡漠和严格。她的笑容让你想靠近,但言谈间又能巧妙地让你跟她保持距离,不至交心的安全范围。自制光辉从她身上发散,成为另一种淡雅的香水。和孟姑姑不同,她没有玛丽莲·梦露般的红唇,也没有夸张的笑和连珠炮似的长句,她的话语很少,浅笑很多,眼角细纹迷人。瞥见病历上的名字,十分贴近她的气质,其中一个字是"静"。

股市狂飙的年代。一九八九年,讨喜的红,蓄积众人的贪婪和企盼,一路向上破万点,惊人的月利率，随便买都轻松赚饱的散户黄金时代。相熟的一位阿姨也参与其中，同时跟朋友一伙人投资新创公司。持续上涨的红换来了名牌包，阿姨还送朋友一辆崭新跑车作为生日礼物，出手阔气。记得某晚，阿姨请全家上馆子，酒喝多的她脸上飞来红晕，我小口啜着起泡的苹果西打，甜甜的、朦胧的幸福。

喜洋洋的涨幅换来丰厚的物质生活，红色数字让彼时炒短线的男女眼白泛起血丝，看出去的一切如此快活美好。大约就在此时，学校老师教导作文第一段，要写上"时代巨轮"这类意义闪烁的词，而"钱淹脚目"这般念起来拗口的词，也被我一次又一次艰难地写在作文簿里。其实我不太懂这是什么意思，只知道这样写就会拿高分。

万头攒动，群情激涌，交易所的男女们眼瞳一片红，香槟瓶口喷出滋滋滋的气泡，喜庆嘉年华，并不知晓危机即将到来，奋力冲刺的甜酒浮沫暗示一切：凡上涨必有下跌，终将化为泡沫。一切有为法，如梦幻泡影。一九九〇年二月，台湾加权指数一路从破万持续下坠，八个月后只剩两千多点。红到极致之后，竟是血海一片。同年，又发生知名的"鸿源案"，对不少人来说，恐怕是不堪回首、家产散尽的一年。

如是也开启了静的"之后"。

· "之后"的静 ·

长大以后，我才从母亲口中知晓，她的丈夫就是这波经济泡沫中的受灾户之一，崩盘的股市让静的丈夫损失好几百万。不，正确地说，应该是丈夫拿妻子的积蓄投资，或说瞒着妻子进行高风险的投资。至于静的丈夫到底是做什么的则众说纷纭，有人说他也是老师，也有人说他以看盘、买卖为业。综合来看，极有可能是从教职退休后投入投资市场，自信满满的他将家产悉数投入，孰料全家都被这波海啸高高卷起，连人带钱抛掷空中，撞石撞山，所剩无几。积蓄顺水流，关系起毛边。如露亦如电，应作如是观。

以这大事件为分水岭，之后，静就坏了。

每次她来，总一副失眠又无心梳头的模样。直发乱翘，光泽不再，黑眼圈加深。她会瞪着把脉的父亲好一会儿，然后张开干裂的唇，开始骂丈夫。不知道在父亲指尖下跳动的脉象是否紊乱。其实不用懂啥脉象，在调剂室的我从透明窗子看过去，一眼可知此刻的静必定不平静。飙高的声线，含恨的目光，讲到痛处还落泪咬唇。悲情叙事中，有几个关键词每次都浮现：我丈夫，我的钱，什么都没有了。然后音量转弱，进入呜咽。

身为中医师的父亲如何安慰她？其实我也忘了，如果有，约莫是"人生如此，何必自苦，要放下"云云。彼时的诊间书柜有一系列的林清玄，女人痛楚的时刻，随手捻来的菩提药方。还是多半时候，父亲其实什么也没说，等静倒完苦水，似乎突然想起"之前"的自己，吸吸鼻子，咽下口水，用指尖梳整纠结成团的发丝，试图重回美丽佳人的时代，即便那仅剩残渣泡沫。她低声说：唉，李医师真不好意思，又占用您那么多时间。

待她走出诊间，我偷瞄她一眼，噢，她的眉间也刺上了一条黑线。

领药包时，只要父亲没别的客人，她又继续把刚刚的事情从头讲一遍。我注意到她的眉心确实有一条浅浅的线，随着剧情进入高潮，最恨的桥段，那条浅线就变成了黑水沟，配合恨到咬牙切齿的独白，黑水沟加深轮廓，凶险异常，男人的、丈夫的、金钱损失的黑历史在汹涌的暗色渠道间急涌。唰唰唰。"之后"的静也成了那名定期来家里抓药的苦情女子，眉间刺着：我恨。

· 恨到最高点 ·

多半时候，诊所也有其他人等候。诊所没装电视，几张报纸翻过来翻过去还没轮到自己，大抵上只好收听静老师的每周一骂。几位惯来店里抓药的女邻人，还没听完"之后"的静的描述，即可同仇敌忾地数落她的丈夫（我恨），顺便将自己"之后"的曲折痛史摊开来互文一番，亲熟地互相评点，互为脚注，最后还能添上听来的数条悲惨女史作为参考文献（我恨）。毕竟是万点跌到两千点的浩劫，以及赔上家产的欺诈案，即使侥幸逃过，身为女人总有类似的受难故事，人财两失，骗钱骗色，天哪，恨到最高点。空气中被尖锐话语抓出血痕无数，内脏般悬吊在诊间，憎厌的叙事相互增艳（我好恨，恨，恨恨恨恨恨恨），诊间成了屠宰场，阴风刮耳，寒气逼人。

母亲偶尔发现我在场，便用眼神示意"去房间写作业"，准备进入少女时代的我，悻悻然回客厅，没写功课的心情，随手打开电视，看当时我最喜欢的男歌手高唱：爱到最高点，爱到最高点。

静来得频繁，苍白的脸依稀恢复血气，瘦弱的臂膀看来肥充了足以挥拳的力道，连钢绒般的发都如刀山剑林。（哎哎哎，李医师您的药方真有效。）随着时间过去，股市时有微幅涨跌，成人各自忙碌，压力膨胀但同理心有限，静的重复叙事不免令人烦躁了起来。有些女人回以：嗯嗯嗯；是噢；是吗；天哪，真不敢相信。或是突然想起什么似的扬声："啊，李医师我上次拿的那瓶药里面有加治肠胃的吗？""李医师噢，我妹妹的儿子的同学的妈妈问，初三才吃转骨药会太迟否？"貌似自然地打断跳针的静。大起大落，认赔杀出之后，亟待疗愈风的平等吹拂，在一波从物质转向心灵的余绪中,也有人不免同情注视着静,听她的碎碎念,从容吐出一碗心灵鸡汤,希望她能从悲情叙事中超脱出来。

"之后"的静不失敏锐。久而久之,觉察到旁人礼貌性的排拒和热切的劝告,她几乎就没再出现了。

诊间的抱怨声锐减。寂静的春天。

· 两周后 ·

一通午休时间打来的电话,仿佛带着坚决意志,响彻透天厝,持续,洪亮,几乎是直达天听的威势。父亲从昏睡中醒转,拿起话筒。静打来的。

两周后的静来电,简单诉说症状,原是将各种难治顽疾炼成一帖,后来说药汤难消,得换成一罐药粉,后来又说症状复杂,药效恐怕无法充分发挥效果。静老师和李医师讨论的结果,最后拍板:肠胃、感冒头疼、胸闷各一罐,每罐间隔数小时,轮流吃。待"仙丹"炼毕,静又从街角幽幽现身,飘进诊所领药。

两周后的她又恢复成话很少的女子（但再也没有笑容），领完药离开。但渐渐地，静又开始主动说明这周病势如何，提出不少问题，待父亲解释完的空白，她又瞬间跌入那个异次元，诉苦，数落丈夫，讲到痛点根本顾不到后面有多少等候的人，经济史、家庭史如亡灵现身，咻咻咻。回不去的过去与关系，静却频频回首，舀起最苦烈的黑水，一口饮下又含恨喷出。母亲从暗示到催促父亲，但深陷苦痛的静无法判读，几次下来，母亲难免冷脸相待，客人也明显不耐，之后，前来取药的就是她的丈夫了。

静仍旧先来电交代父亲配妥各类药，命丈夫来取。丈夫初次现身时正逢周末，诊所里坐着的站着的十来人，看报、吃早餐、聊八卦、骂小孩的皆有，当丈夫讲出妻子的名，喧杂声仿佛瞬间被抽干，动作停格，好奇的目光从四处笔直射来，停留在丈夫的侧脸。即使背对他的妇人无法正视此人的五官，仍旧把握机会从开始秃了的后脑勺老练向下挪移，非得将那丈夫的卡其色外套、深蓝色休闲裤及褐色拖鞋看得透彻。

约莫察觉到气氛骤变而目光灼热，丈夫赧着一张脸，匆匆付了钱抓了药转身便走，忘了拿回找他的零钱。从此我记住了静的丈夫，让静从"之前"变成"之后"的男人：那是张歉疚的脸，做错事的脸，想拿什么遮掩五官的脸。后来男人从不在周六上门，专挑人少的工作日下午独自前来。再之后，丈夫跑得勤，因为一周的药五天就吃完了，有时三天就吃完了。父亲讲电话时皱眉：就算药性温和，也不能吃这么快吧，药不能当饭吃。我猜想听筒的那一端，是再也无法平静的静。

股市由红变绿，绿又荡回红，但"之后"的静再也回不到"之前"的静。

日后瘦身成为风潮，一家瘦身机构在报上刊出"之前"和"之后"的女体广告。真的是同一个人？真的是同一人噢。哗然。羡慕。怦然心动的瘦身术。

不过直到现在，想到 before 和 after，静的脸就会清晰浮现，尤其是那眉目：我恨。

·更多的"之后"·

"之后"的静和丈夫不再出现。

而我最早看到眉心被咒怨铭刻下黑沟的女人呢？多年后，她曾出现一次，全身的风霜和痛楚一望即知，那次她来拣药，又声泪俱下。那时我已够大，到了母亲愿意对我诉说女人事的年纪了（这次不用压低音量，也不需切换成客家语）。女人离开后，母亲唉唉叹道，那女人口中多年诅咒的好赌丈夫竟然死了，过了一段时间，儿子也意外在车祸中丧生。唉。家里终于只剩她一人，却无法自在，泪仍旧流不尽。

之后，更多女人继续说，女子抱怨丈夫，婆婆数落媳妇，话语积成满室怨念，白墙发黄，鲜花枯萎，时间凋零。偶有男子开口，大谈股市经、生意经、赚钱的门路，父亲始终在那诊间里收听这一切。其实我也不确定他有没有在听，他始终像写书法般低头写病历。

之后，诊间挂上寺庙方丈的手绘观音，观音以那双不怒不威、不悲不喜的眼目，静静注视。她肯定听进去了,悲情女子捧上陈年苦水一坛,观音用纯净甘露水来涤。雄心万丈的男人吐出虚拟金城一座,观音用柳枝点了点,城池转眼成灰烬。杨枝净水,遍洒三千。

我以为快要忘掉静的时候,历史重演,时光倒流。

碾压一切的时代巨轮又来了。

·多年之后·

当我再度想起静和她的丈夫时,才意识到手中正吃着父亲配的药。那段时间,我一紧张,就去吃中药粉,一天可以吃五六次,反正吃不死人。打开橱柜,怪怪,我也同时有三种药,治肠胃、感冒流鼻水、胸闷难眠。七天的药不到五天就吃完。正因如此,我想起了静。

想到丈夫,想到他的一掷千金和损失,想到天真善良正直的他究竟为什么也走上此途,不惜押房产借贷,以无比坚决的意志投入其中。我们相识于雷曼兄弟破产的那年，当时听他谈此事和未来远大的梦想时，我觉得离金融海啸很远，听过那么多散尽家财的悲惨故事，终该来到前景看好的光明时代了。不过光明中仍有贪婪火焰，或者应该说光明是否也由贪婪火苗所点燃？而火焰，也不总是容易化红莲，反倒熊熊燃尽钱财和信任，一次，再次，又一次。于是我也跳针地向他和我的家人重述一次，又一次。每次事发后，反复的还有意义分歧的解释，逻辑缜密、自成一格的说辞，最终捧出一碗（黑心？）心灵鸡汤：我们要觉得庆幸和感恩，至少还有房子可以住，好在你也还有存款，不是吗？你到底在担心什么？这都是过渡期，很正常。心胸开阔，想开一点。自问：我在担心什么？为什么不想开一点？边想却不自觉将中药往嘴里送，一匙，两匙，再一匙。

吃药让我想起父亲。

想起在袅袅中药香中注视着苦情男女的观世音菩萨。

如果嘴里没有粉末，只要看到他，我就会倒出苦水，停不下来。安慰自己，上次救不到，这次至少事发后几天因丈夫神色有异，先说周转很快还，后又言辞闪烁，层层逼问出来已是夜半。铁着脸硬要他将剩下能转回来的钱全先转回来，但要说起之前的那些，唉，说不下去了。之后，唉，也是不好说。（静也有无言以对的时候吗？）能说的全说尽，说到口干舌燥，说到天荒地老。终于我也变成"之后"的静。有次想，这样下去不是办法，是啊，该想开一点，于是静下心来问他：答应我不会再买了吧。他倒诚实以对：就放个几万块试试不同策略而已。当时我正开车，意识到的时候又满脸鼻涕眼泪，手抖气喘，正以超过一百二的时速奔驰于公路上，众车闪避，乌云压顶，暴雨即将来袭。

那时正逢寒流，最冷的冬天。往回算的前几年冬天，也是美股和虚拟币的寒冬，说不准的全球暖化，气温暴起暴落，一夕间，温度和指数狂跌到世界的尽头。没隔几年，冻到谷底的又被炒到热烫烫，涨到云霄。说到底，炎凉冷热不就是世间真相？热钱最终贬成冷币（毙？），也只坐实了无常真理。我翻过来想过去，彻夜难眠，日常中断。凄冷的冬日，绝望吞进好多锅物，随意拿取的王子面连吃三包，不爱冰饮的我竟也喝起百事可乐（你倒是说说看，百事如何可乐？），冰激凌一球两球、三球五球，爆米花堆成垛（你说啊，到底是为了什么？）。人要往前看，既然事情已经发生，想想现在你能做什么？丈夫说。想想你已经拥有的一切。要对未来充满希望。不要一直回到过去，拿别人的错惩罚自己。丈夫说。

话语如火锅店的王子面层层堆积。善于诠释的丈夫最终令我无话可说。他侃侃而谈，我则盯着墙上喧哗的电视新闻，记者说：比特币大涨，比特币大跌，疫情肆虐，全球暖化，这么多张嘴在说话。想起他大手笔买了Futures之后，完全没有理财知识，只是一股脑信任他的我，接连数天抛开工作，投入心力搜寻相关信息才跟得上丈夫的逻辑。还有，他到底买了什么？当我输入Futures而屏幕跳出"期货"时，心顿时下沉，成长阶段从父亲中药行里大人言谈间听到的几个关键词倏地跳出脑海。Futures？啊。Futures！啊。Futures，谁的未来？只能让我不断回到过去，此刻中药行的成人言谈如马赛克拼贴，如霓虹灯流转：

钱淹脚目啊,轻松赚饱饱啊,讲到口沫横飞、红光满面的男子,热钱滚滚啊。然后是满脸愧色的静的丈夫,讲到声泪俱下、歇斯底里的女人,那是"之后"的静,跳针的静。跳针的还有那些嘴:当我搜寻期货、虚拟币的相关知识后,有段时间只要打开网页,眼前出现的文章、图片和影片链接,大抵都有"一周仅工作×小时但月收入×十万""在家工作年收入多少多少"的标题,如同张大的嘴,叙说轻松赚钱的秘籍和策略,闪闪发光的惬意人生。那么多不断说话的嘴,吐出一条红毯般的荣华前景,由黄金铺展开来的future。

火锅热烟蓬蓬聚涌,如同舞台干冰,"之后"的静总在暴食终曲前缓缓现身,看她悲伤凝望着我,如同方才我在洗手间的镜中见到的自己,眉间的悲情河道流过历史,流过世代,终于流向我。曾经,悲伤河流淌过那些我读过的文学作品、文学奖稿件,年轻写手笔下的几个词总让我忍不住用指尖抚摩:父亲,投资失利,公司倒闭,赌博,负债,期货,消失,背弃……啊,我专注抚摩这些简洁干净的字词,猜想背后究竟藏了多少"之后"的静、跳针的静、坏掉的静、活在过去而充满恨意的静。被迫扛责任、收烂摊、还债养家的复数的"之后"的静,又如何度过她们(多希望再也不会来到)的future?我能做什么?现在和未来的我能做什么?边思考丈夫的问题,缓缓再将一包王子面丢入滚沸的锅中。

洞与缺口

他出门了。

屋子又回到静止状态：书没有被打开，没有随手捡来的衣牌充作书签。她喜欢剪下孩子新衣上的吊牌，充作书签。读过的书偶尔会被倒扣在桌上，化为一座孤单的岛，装盛那么多的声音，自言自语。换下的衣服搭在洗衣篮边缘、餐椅上。碗盘、汤匙和筷子在烘碗机里静置，昨晚的热度已消退，等待下一次被咖喱、胡椒、西红柿酱和橄榄油挥洒、涂抹，热烈而动态的一刻，欢欣活着的时刻。

她独自在桌前喝红茶，观察茶叶在热水中舒展开来的模样。目光停留在眼前那排书柜上。现在没有倒扣在这里那里的书守护着独立宣言，所有的书都被整齐排列，连同某些夹页中的彩色卷标，以及卷标上的铅笔涂鸦。她的书，他的书，孩子的书。知识之神就蹲踞在那儿,她看见了,伟大的神统领着全部加总超过百千万字的浮动话语,话语正各自安静栖身于不同的叙事情境:瑰丽、浮夸、沉静、低调、喧哗、稚拙。

(稚拙。当我打出这两个字,注音系统直接选了"炙灼",语言也会燃烧吗?如同热地狱中的烈焰,会有菩萨端坐其上,让火焰化/话红莲?再次修稿,注音系统又选了"炙灼",是否这个词已是不经意的语言习惯,而对我了如指掌的系统说出了这闪烁火星的字眼?)

(于是我尽量耐心地重看字词选单。系统提供别的选项:滞浊。乍然想到后阳台的脸盆内,浸泡着曾经洁白、现已灰黑的脚踏垫,它安然在污水中静止,全然接受逐渐用旧、被磨损的命运。)

知识之神统领一切而不加以主导,即使彼此间有所矛盾,但神让不同的叙事之河缓缓流进读者眼瞳,与他们的知感、创伤记忆、个人史交织相连,细密嵌进去,成为他们既崭新又古老的生命图册。

就像刚出门的他,势必夹带了书架上提供的观点。无论他穿什么衣服、去见什么人、脑海盘算着即将说出来的什么话，似乎都由这些观点所输送，成为无法察觉的惯习。这些观点来自不同国度的人，他们有不同肤色、国籍、家庭背景，但有一些关键词约莫可概括：成功者，百万富翁，身价千万亿。不管是谁，他们可能拥有晦暗的过去，像是倒闭、负债、烧掉千万、背信的朋友卷款而逃、老婆带着孩子扬长离去、一天吃一块比萨，或在街头垃圾桶翻寻残羹这些基本设定。这样的故事其实不好看，也不太有机会被出版，因为少了些元素。只要从书架上抽出另一本她的书，像是谈写作的"叙事弧"般，作者会问你：那个所谓的"弧"呢？下坠等待上扬，上扬到某一程度必然迎来抖落，已到谷底的人生得有反弹。

好了，成功者们经历一次又一次的失败，一次又一次的努力，咬牙不放弃，终于奔向甜美的果实，像是一周工作两日，其余时间就和妻儿四处旅行；又像是大部分时间在山径中思考并拓展出新的商业模式，随时打开计算机就可工作并拥有一个月几十万进账的惬意生活；又像是，像是……

但里头到底省略了什么?叙事者如何说这个故事的?她始终困惑却也没时间细究里头的瑕疵,或说所谓的叙事策略。

在书柜周遭仔细听,仿佛隐约听出细细的白噪音。以为是旋转的风扇,但在扇叶停止移动后,仿佛还有什么细微的声响。是作者们的故事与观点,还是她与他越来越剧烈的争执?正确地说,恐怕是受不同作者群的叙事渲染,所引发的口角冲突。

在他的那几格书柜里,放置着百千万亿富翁的传记,生财之道与生活哲学,每本书都有个百万富翁的励志人生,低谷,向上爬,最后攀顶,只要靠着他们的SOP(标准作业程序),快速致富不是梦。占据大部分书柜的则是她的书,文学为大宗,同样也有不少传记或以真实人生为底本的小说,里头有不那么励志的人生,但,也很难说,例如某次当他又说起银行倒闭、众人失业的末日景观时,她正好在读塔拉·韦斯特弗的《你当像鸟飞往你的山》。他令她想及书中的父亲,相信千禧年的那一刻便是末日,于是多年来在秘密处贮存大量石油、武器和弹药,相信在计算机大宕机、众人皆恐慌而灾难降临的末日,拥有强大资源的他们能独占未来,强悍而富有。这位父亲的筹谋与绸缪令她想起他,超俗又疯狂的一双眼,她曾被那灼灼目光诱惑,相信他所擘画的虚拟城,自信且坚定的眼神,他最常说"为了我们的未来"。我们,这两个字烫金,那是故事的第一章,对"我们"而言辉煌的一章。

第二章:为了支持他的梦想大业和财务自由,头几年她甘愿独撑起家中大小开销,付账单,始终没养成记账习惯,完全信任他的财务管理,如是倏忽过了七八年。结婚、生产和养育缓缓改变他们的目光和脸孔,她的脸面向孩子,而他则日益沉浸在繁多的在线会议中。她渐渐习惯只看到忙碌丈夫的后脑勺,唯有从他面对的计算机屏幕里、被切割成几个画面中的其中一个,奇妙地看到丈夫的正脸。偶尔她会对此感到纳闷,混乱的现在如何通往他口中镀金的未来?未来,你要相信,他多次说他感觉自己所经历的一切都和书架上那些传记人物的一样,他们有类似的思维和信念,特质相通,快到了,他可以感觉到,你要相信。目光灼灼。

现实和屏幕中的他皆目光如炬,伴随着开朗的声线。偶尔她瞥见屏幕中突然闯入书房的自己,门洞开,她被后头的光束煨成黑点,相对于他的头,她的身子比例显小,却已充分地凸显日复一日的混乱家常:休闲服、乱发、木然的脸。她从屏幕的切分画面中瞥见那样来不及修图的自己,赧然感席卷全身,后来只得压低身子潜入书房找到铅笔或是修正液,但压低的身姿也被屏幕摄影机忠实地注视,发光的绿眼睛,眨呀眨的。如果那眼睛会说话,一定会要她继续坚信,未来很快就来到。第三章及接下来的几章大抵如是,如婚姻,如老调/掉的爱情,叙事再无蓄势的可能,重复大抵如是。

从那间国际联机的书房中,除拿到该拿的铅笔、修正液或印章存折以外,她也接收到其他信息,从他焕发的面容和爽朗的笑声中,朦胧地揣度,那些成功者故事的前几章节正在发生是吧?"你不知道你正走进历史现场吗?这值得记录的一刻?"事后他笑着对她说。当她几度说出他令人无法忍受的偏执时，他最常笑说的一句话就是：记录下来，以后可以写进我的传记里。走出房门，她继续边工作，边负责喂食并接送小孩，尽责吸收亲子教养和情绪管理课程，风风火火地开展战斗的一日，到了夜里才能把自己丢掷上床，躺成静物。

没有会议的时候，她打开书房，看他戴上耳机，仍正对屏幕。此时屏幕中没有分割画面，唯有一人站在舞台中央侃侃而谈，虽然听不见声音，但她能从那人的神情中读出饱和到满溢出来的自信，想必是精彩的演说。她说吃晚餐啰。（比起后几章的静默和精简的直述句，前两三章的句尾还能有上扬的"啰"或者"喔"，富含水汽的字句到最终已悄然干涸。）他当然没听见，耳机阻断听觉，着迷地沉溺在屏幕中的成功者们。那些总在耳际挂着蓝牙耳机的人，始终给她一种利落的印象：恒常的忙碌、绵延的会议和拥挤不堪的行事历。从何时开始，他也常挂着耳机，另一端连接激情的演说：月入三十万，年收百千万，璀璨的脉矿，源源不绝的淘金者。

吃晚餐啰。吃晚餐。晚餐。连说三次。好像说给自己听。

他终于拿下耳机，回头，微笑说：好。

记不得多少次他在餐桌上迫不及待分享着演说内容。这些know how。那些朗朗上口、易于记忆的法则。淘洗和精炼后的人生哲学和智慧。月入三十万的方法。年底前百万美金收入。每天写下十个点子。她则注视吃饭中的孩子，忙着回应孩子的话语、提防孩子用油腻的小手抓她的上衣，汤匙哐当落下时协助捡起，孩子互扯头发时适时分开他们（深呼吸问自己：此刻你有什么感觉。尔后察觉自己拳头是紧握的、眉头是纠结的。她试图用深呼吸打开这一切）。但他无视一切继续说。

平静下来的孩子各自画画、搭积木，孩子的情绪来得快去得快，如风卷去落叶。她跪在地上清理木地板上的饭粒菜屑，清洗瓷盘和流理台，水声哗啦啦，将丈夫激昂的演说切成片段，听不太真切的她仍尽责嗯嗯嗯地回应他方习得的成功理财秘诀和新生活运动，还有他什么时候要出国参加某些顶尖人士的会议。

　　被蒸馏出来的金科玉律背后皆有动人的叙事。她起先也听得入迷，但不知是要洗的碗盘变多，还是待办的事项变多，家用垃圾变多，精致的物件变多，致使分类愈发困难；账单变多烦恼变多白发变多，她开始在他的动人叙事中出神，不自觉漫游在空气净化机的品牌、房贷、若干物事比价、家族纠结的关系、耳语、梦境、浮景……这些那些瞬间爆炸、繁殖的现实断片里，彼此没有系属、毫无逻辑的画面和声响，最终仍迫降当下，被归纳出的简洁原则、叙事者的卖点：三件事，十个步骤，五个地雷，七个问题，六张蓝图，一个原则。连续十天。早睡早起。专注呼吸。勇于说不。承认恐惧。拥抱自己。迎向未来。

　　有时候她回不来。慷慨激昂的陈词最后，只能心虚回应：很好。不错。值得深思。印象深刻。仿佛她是多年前补习班的作文老师，得在一篇篇文章最末给出意义模糊的标准化评语。这样不足以掩饰她的歉疚，或说她想转移话题的意图太明显，一个声音从嘴边弹出："明天早餐吃什么？""明天出门吗？几点?""我开会到较晚,孩子你接?"话语益发简洁,却足以完美拦截刚被喷射在空气中的法则、原理、技巧和秘诀。她越说越少,对话也沦为自言自语,有时候她讲了一分钟才发现他拿下耳机说:噢,抱歉。(原来刚刚他的听觉是被覆盖的。)他所有发光的梦想造句总能接上她现实的陈述,不知是他太满太挤太躁的雄辩吃掉她说话的欲望,还是这其实是婚姻的其中一种定义,只是她停留在沉默之丘比较久而已。比起提问和争执,简洁之语实在是太柔软的栖身之所,流沙般迅速陷入,她多想干脆恒久躺在那文字消逝的旷野,在十个原则三项错误一个核心之外的,寂静的所在。

但后来回想(后见之明,正是叙述最残忍也是最慈悲之处),是不是正因心神上的缺席,她才忽略了持续蓄势的晦暗叙事?想象中,叙事也正悄悄养肥那个下坠又弹起的弧?无数次的反省让她惊觉,到书房去不该仅是压低身子,像窃贼般从抽屉中摸出铅笔修正液之类无关紧要之物,而应是把头抬起来,好好注视着屏幕中切分的所有脸孔,那些所谓的成功者、创投者、创业者、梦想家，看看他们如此投入于拯救世界的热切，也看看他是如何从他人的故事中采集素材、重制语言、注入个人风格（集童年创伤、成长教养、文化惯习等复杂元素）后制而成多元叙事的，让这些潺潺的云端书写推搡着他，像畅快的河流，直到撞上亏损的暗礁和借贷的漩涡。她该这么做。后见之明。

几次他特别从计算机屏幕中移开，回过脸，温柔注视着满脸疲惫或面无表情的她，问："可以跟你谈一件事情吗？"通常这件事会有光明的开场，美丽似锦的未来，前途一片闪亮，然后叙事如何经过枝蔓和障碍，夹杂一些她从没认真记住的关键词、术语：华丽又吓人的多音节、显赫的名人背书或研究大数据，等等，最后一定抵达核心——有个很不错的投资机会，想不想加入？或是，我需要钱周转一下，很快就还。

"周转？不就是欠钱又跟我借？"到了最末几章，她也学会直截了当地问，绕过那些如铁丝网的多音节。依照过去的经验，修辞和术语真是绊脚石，蔓生的词语最后把她搞得晕头转向,然后怪罪自己的肤浅和多疑。

"我不会这么说。"眼神中又恢复光彩,"记不记得我跟你提过的'成长型思维'?语言的正向或负向会影响思维,思维影响行为,行为影响命运。"

"那所以是?"她偏头想,一边提防自己再度坠入语言缠绕的迷雾。

"这不是负债,精准一点来说,这是暂时而必然的'资金缺口',是的,缺口,"他的自信膨胀起来,"缺口,就是缺口。"语词被安放在正确的位置上,她却恍神起来,抬头瞥见客厅天花板的一处,和墙的缝隙间有个小黑点。蟑螂曾在那细缝处产卵,踩在椅子上的他试图取下轻而干燥的褐色壳鞘,瞬间脆化成碎片。莫非这也是蟑螂卵?

"这只是一个,你知道的,过渡期,有钱人都是这样的,甚至你可以把它视为学费。"学费,她复诵这个词,想到才刚缴完孩子的学费。学费。学费。学费。不知为何念诵起来却倍感陌生。学费,听起来确实比亏损来得更正向,她承认,字词的选择影响感受，这也是写作教她的事。她想感受一下此刻的自己——连接，也是另一本书所教导的。学费，亏损，亏损，学费，字词在她意念中轮流被诵出，像依序抚摩佛珠那般。尔后她感觉有一个洞在生成，在胸口。是的，在胸口有一个洞，一个缺口。她同意他所说的语言的力量，她感受着言辞和胸口的洞都正在扩张。"我们应该将每次的负面经验视为学习，这是很珍贵的学习经验。其实是。"他走过来搂住她。

后来又出现了几次缺口。噢，是学费，听起来都比炒股玩币所造成的漏洞来得优雅。

后来她纳闷："为什么你的学费，要我或全家帮你付？"她避开他最爱用的"我们"，婚姻关系中的"我们"不该被滥用。她开口："'我'想问，"——当"我"出现，无意识的"我们"就在此处绽开了一个小缝隙，婚姻的第三只眼——"'你'说的有钱人，像谁？"

此刻他将目光望向他所信仰的知识之神，他的书柜／神龛上的大神们。架上供奉的百千万亿富翁和成功创业者的传记。"像这位H，那位J，还有那位B，我正在听他们的在线课程（学费不贵），他们都经历过艰难的资金缺口，靠着贵人，像是创投啦老婆啦，默默支持，助其一臂之力，再度攀登生命高峰。"这些面目模糊的成功者。她曾经想好好地了解其中细节，但所有他的书都是英文的，她读英文书的速度远远不及他，读一段，查一下字典，精彩的发迹故事就被她读得坑坑疤疤，像写坏的小说，最后仅存拼得不完全的英语单词，艰涩而不易发音。

她确实相信这些故事，不是因为故事说得好，而是支持所爱的人不是应该的吗？那些说不出书名或因失忆而混淆的故事，其中的主角是否以绝对或盲目的信任，对枕边人深信不疑？难道正因那都是第一人称？有局限的第一人称如同压低的身姿和掉漆的视角，太多的省略、浓缩、删除，又或者她只是狠不下心面对他的柔软——突然抖降的音阶，歉疚的神情，深情的眼目，重复的说辞，像是：我不是故意的；确实是个致命的失误；下不为例；这一切都是为你好，希望给你和孩子更好的生活。黑暗中，缺口被诚恳的声音所填补。家屋下，回荡着历史中诸多男子、丈夫愧疚的陈词。

"所有的失败只是看起来像失败，但都是暂时的。"听他说完这句话，她又抬眼瞥了那疑似蟑螂卵的黑点。不知为何现在看起来似乎又大了一些。但不可能，想必又是一枚空壳。

"成功与失败，亏损与赚钱，倒闭还是东山再起，负债或者用钱来做更有效的投资……这些都看你怎么定义。"定义。是的。定义。她朦胧想起过去她所上的研习课也提到所谓的定义：对自我的、外在世界的定义。在他动人而显现为宽容的定义中，她总觉得似乎与言语所指涉的物事不太吻合，语言像是大了一两个尺码的衣服，松垮垮罩在事物的表面，多余出来的空间就是诠释的空间。他最喜欢问她：接下来三年你的目标是什么？你如何定义自己？还有梦想吗？她越发沉默，越来越不知道如何定义自己，坦白说她真的只想把今天顺利过完就好，没有太多麻烦，没有紧急打来的电话要她临时应变，这样就好。梦想？确实没有，夜里不做噩梦就谢天谢地。

每隔一段时间，资金缺口和周转就会发生，每次发生，她都会经历再一次所谓关于定义的演说，也会再一次看到惊惧与不安正猛烈攻击她的肠胃和喉咙。有些善意的声音提醒：你也要负责任，怎么容许这样的事情一再发生？你就不要再帮他了，让他自己想办法啊。周转／借钱。学费／亏损。过渡／终点。有次她狠下心来不让他用"周转"的方式去"缴学费"了，他愣了一下但维持着友善的态度：没关系，我尊重你。他其实很良善，她从不怀疑这点。背过身去的两人回到各自的房室，她为过去不曾如此坚定的自己松了一口气，但一躺上床，欺压而来的是深深的歉疚，脑海滚沸诸多话语，不知从哪个历史叙事场景追讨而来的汹涌澎湃，脸孔是模糊的、情节是断裂的，但声音却是清晰而坚定的：你不支持他。你怎么可以不支持他？他确实曾哭着对她一字一句地说："你不支持我。"她惶然，想问但没有说出口："请定义所谓的'支持'。"（不过庆幸的是，她不用定义最难的：爱。）深夜她从梦中吓醒，全身是汗。

等到眼睛逐渐适应黑暗，她才发现干渴难忍，摸黑到厨房喝水。没有开灯，害怕看到此刻正静止或爬行的德国蟑螂。她无意识注视着眼前的书柜。凭借着大楼外的微弱之光,仿佛看见柜上缓缓蚀出一个又一个黑洞,像达利笔下软绵的时钟,上面没有指针,只剩无尽的黑暗,像是说不出任何话的、张大的嘴。哑口无言,话语坠落的空白荒野。

凝视这些缺口出神,朦胧想起方才的梦。在梦里一切如此真实,不连贯的叙事在梦中都如此合理。情节随意跳接,人物瞬间转换,错漏的对白和错误的场景都显得再正常不过。

长久注视着那些书册,直到薄薄的天光从窗帘缝隙溜进来,逐渐唤醒书背上的名。她有股想说什么的欲望,于是她出声,从看到的第一本书开始念起,让声音抚摸着眼前高高低低的书名(也是众多个"我们"起起伏伏的人生哪),直到那几格柜子的书名像一首诗被朗诵出来,她才回房继续她的梦境。

虚线与斑点

大约半年，我会踏进这栋大楼。

坐电梯到了某层楼，以钥匙旋开两层厚重的门，当第二层门被打开时，会有欢快的五个音符轻轻奏响。机械化的提示音，像是替谁说出的欢迎光临。摸到壁上的灯，开启。窗帘恒常拉上，落地窗是紧闭的，显示平日无人居住。外头的日光从帘幕缝隙间穿行，音阶跃上日光中浮动的小尘埃。

附有旋转盘的大圆桌，寄存着主人对家族团圆的渴望，当初推销人员将搭配的十张椅子说成"十全十美"，诱导主人立刻购买这张大到唐突的桌子，摆放在一进屋的最显眼处。事实上只有头两年的过年，十张椅子中的其中八张确实被坐满，桌上有热食和热议话题，渐渐地，亲戚不再往来，连过年也不上门，又或张罗一桌食物太费事，不如在餐厅较省事。椅子被搬移到卧室，当工作椅，分散的椅子宛如疏离的关系。

　　圆桌正中央摆放着蓝绿渐层、混色至交融的水果玻璃盘，盘上空无一物，除了轻烟般的尘埃。曾经盛装发皱的苹果、发黑的香蕉，以及在时间的作用下逐渐变软、发馊而酿出酸甜臭杂味等的食物。后来这些水果被移到冰箱，和姜啊蒜啊这些食材，一同蹲踞在空荡荡的冷藏柜里，成为被遗忘的角落生物。玻璃盘上也曾盛装苏打饼干、黑豆核果等食物，即使过了保存日期，至少不像水果那般会悄悄留下汁液虚线或腐败斑点，它们是被加工后的健康食品，即使衰败也容易撑起健康的假象。

　　因为总会腐败，后来连食物都不放了。其实可以放大卖场贩卖的假葡萄和木瓜什么的，保证光鲜、晶莹，永不衰损。但没有，盘上只有代缴的账单（再度迟缴）、管理委员会的开会通知（早已错过），或从门楣上撕下来的春联。春联上的每个字都生机饱满，几乎是用呐喊和叫嚣的方式，诉说着对财富和圆满的极度渴望。现在这些字萎在水果盘上，毕竟距离春节已又过了惊蛰、春分、清明和谷雨，夏至将至，这些蒙尘而过气的字词，则有说不出的哀伤。

曾经有株植物放在角落，主人说不用太常浇水，也不需晒什么太阳（竟有这般奇妙的物种？），正好适合这里被造访的频率。只要我回来，总是为这棵耐旱的植物浇水，摸摸不太肥厚的叶片，鼓励它活下来。但最后它还是死了。褐色的花盆连同硬掉的土壤就被搁在阳台，风吹日晒雨淋。说不出的孤单。

花器。窗帘。圆桌。方椅。水果盘。账单和春联。

连同冰箱里冻到年岁错乱的酱油、米、橄榄油、苹果、面条、饺子。

好一幅静物画。

走进这里，我会想起曾经发生的事。

明明放在抽屉里，但隔了几年后拿起这张照片，仿佛还有沙沙的触感。是错觉还是事实，颗粒般的材质依附在照片上的女子的脸庞。她的妆太浓太厚，化完妆时她都倒抽一口气："这不是我。"不是我，那是谁？脑海里浮现大学团康活动游戏的集体群戏声。在孩子看的绘本中，所有物事都会说话，狐狸兔子大象孔雀都有发言权，何况是静物？我跌坐在并不如烟的往事中，听照片开口解释：十多年前，披着白纱的她，和他牵手走进这栋大楼，这间房，那一天，蓝绿混色水果盘尽责盛装又大又红的苹果，表面闪烁着油亮喜气。

那是我，但好陌生，像另外一个女子：她。

她和他旁边有位身穿粉色、戴珍珠项链的女士，在新人头上擎着筛网，永远搞不懂也无意弄懂的烦琐礼俗。照片中所有人面带微笑，被遮蔽的人也看得见一半的笑容，或至少是充满笑意的眼睛，眯着，弯着。后面还簇拥着一些人，婚宴后就几乎没联系的亲戚，甚至在婚宴前后还有隐约的口角和不满。他们一群人上楼，坐进十全十美的气派圆桌和大气方椅，那天，十张椅子还不够坐，妹妹和表妹们挤在沙发椅里，能一群人相互倚着挨着，用白瓷汤匙舀起碗中的红白汤圆，朦胧体会所谓的幸福美满。

多年后，当我重看这张照片才赫然发现，当时从上往下的拍摄角度，头上从发夹中掉落下来的白纱边缘，在女子眉间投下若有似无的淡影，而在这迷雾般的淡影下，她的笑容竟然像在哭，应该说，哭笑不得，滑稽的表情。

淡影之下则是挂在颈项间的金链。结婚时戴的金链究竟去了哪儿？连同挂在腕间的淡紫亮片珠串方形包，后来似乎都堆在娘家某处，可能被母亲收在抽屉底，同时也卡在记忆与遗忘的边缘，上头层叠覆盖着比较新的历史。从上往下拍摄，链子下是难得一见的乳沟。当天新娘秘书调整果冻胸罩时调出来的新地形，照镜时她也为之惊愕。

果冻胸罩。

婚礼前和妹妹去内衣店买的，当时价格和使用率令她迟疑一番，但柜姐说为了好看的胸形就买下吧，很值得的啊。试穿时，柜姐也努力调出了那条事实上不存在的沟壑。啧啧，真神奇。一拿掉果冻胸罩，沟壑立刻消失，她看着那一条刚刚存在但现实已无存的虚线。虚线永远无法成为实线，当然也不会刚好就成为现实（的一部分或本身），那是虚构的、想象的、暂时的。

但往往,暂时的虚线恐怕是必要的。

不想被轻易说服,有些信念在必要关头还是像顽石显现出坚硬质地,于脑海中具现为一个又一个问题:只为了婚礼穿这么一次,实在不划算哪。好像这个问题早就被柜姐料中。她说:怎么可能只穿一次,这很舒服很凉快好不好!你夏天穿无袖细肩带还是可以穿啊,像我还有我朋友以及我朋友的朋友都是这样啊。

复数形态的朋友们,有效又管用的量词,能在短时间内创造出瑰丽、蓬勃又面目模糊的总体经济。然而奇诡的是,通常在意志力薄弱而物质又特别灿烂的时刻,这种没人会仔细检验的说辞却具有神奇的说服力。

攻势继续:我朋友的朋友的朋友她们当初也都觉得不划算,但是我跟你说喔,后来婚礼办完我们都还是有在穿喔,你不要以为只是婚宴当天穿,婚宴只是一时啊。眼光要放长远一点。婚宴只是一时的。如果当时有把这句话听进去就好了。事后回想,这句话并不仅适用于胸罩,而是神秘的人生准则。在事隔十多年之后,这句穿过柜姐声带、舌头和完美唇形的话,其实也像课堂上无意识画出来的虚线,不存在的对话框。虚实交融出来的话,对于十年后缅怀此事并硬将此话误读的我而言,简直是发亮金句。

柜姐说:穿无袖的时候或低胸的时候你就会很庆幸还好当初有买。(但生过孩子她再也没穿过无袖上衣,更别说低胸的了。)随着柜姐几乎没有标点符号的机关枪式话语,喷射出好多好多亮彩粉红泡泡,更衣室的穿衣镜也恰如其分地将穿上果冻胸罩的女子裱褙起来。

婚纱照的下方是白色置物箱。隐约知道里头是什么,我还是打开了。带着浦岛太郎打开盒子的心情,箱内整齐陈列着婚礼的相关物件。婚宴邀请卡,礼金簿,当初没被贴到门上的"囍"字贴纸,两支黑色奇异笔——应该是当初提供宾客写礼金簿时用的。拿掉笔盖随意画,一支没水,只能写出空气,另一支勉强写出喑哑的字,我直觉写了"梦",结果还没写完偏旁就气数已尽，只能恨恨刻出绝望的虚线。朋友的祝贺卡，香水红包袋数枚（香水早已散逸，飘散出混合着衣柜味道的陈年气味）。翻开礼金簿，正是一部双方父母的社会互动和亲眷往来史，加上当年新人的同温层与交友圈，一位我的舞者朋友当年包了1314元，一生一世。还是一生一时？当时只觉得有趣，现下看了触目惊心。

打开婚宴邀请卡，当初请在纽约读工业设计的女友丽莎设计的，卡片像机票，仿真成新人喜爱的旅行，而丽莎当时远距离恋爱的男友在邀请卡被印妥后的几年内，同时交往后来成为妻子的女人，在邀请卡被我放入收纳箱的几年后，得知男友即将成为别人丈夫的丽莎，心碎地搭上从台湾飞往纽约的班机，撇下无法进入海关闸门却号啕大哭并亟欲解释的男友（噢，已是前男友）：虽然我跟她结婚但我还是永远爱你。当时她以为交往将近十年竟是一场连灰烬都没有的空梦，没想到登机的数年后完成了自己的婚礼，一个喜爱和她四处云游的异国男子。

埋在礼金簿和婚纱照之下，果冻胸罩的方盒乍然出土。

盒上是个典型的金发白人女性，面带微笑，双臂叉腰，大方展示着肤色的果冻胸罩。黑色英文字：NUBRA。其中的B为粉红花体字，两个半圆体俏皮地仿拟成乳房模样。B的上方写着"MADE IN USA"，说明其血统来源。岁月让白色方盒起了圆形黄斑，其中一粒斑点恰巧生在乳房正中央，不偏不倚，伪装成隐形的乳头。

唉，黄斑。毕竟什么都逃不过黄斑。我的一批书，放在离日光最近，又没有玻璃窗扇护佑的那层书柜，所有书都起了黄斑，最严重的一本是苏珊·桑塔格的《重点所在》，黄斑与褐斑从书的中后段侵蚀，重读才发现斑点泼洒的情况最惨烈，好像贪食症吞噬每个字那样，甚至想变成字、化成标点符号，抢夺话语权。

黄斑莫非也是太过鲜明的暗示？

刷牙的时候突然想到。到了某个年龄，似乎容易坠入神秘联结、幽微神谕，比签诗还具影响力，无论是数字、颜色、形状、话语、梦境，凡所有物事皆是暗示，亲族中的长辈们乐衷此道，诡秘的诠释学。于是那个上午，我重读那篇被侵蚀得最为严重的篇章，苏珊·桑塔格对旅行的反思。开头就说"异国相关旅游书籍总是对立'我们'与'他们'的关系，产生受局限的某种评价。古典与中世纪的文学多是'我们好，他们坏'，典型的模式是'我们好，他们恐怖'之类的"。泡沫在嘴中软绵繁殖，我将它吐出，继续读第二段，也是被黄斑侵蚀得最厉害的一段："当然，记录文学与小说在十八世纪紧密相关，第一人称的非小说类文学是小说的重要原型。这是旅游骗局的全盛时期，也是游记形式的小说的全盛期。"黄斑像旅途中的尘沙，在书中绵延成骆驼商队般的行列，但不是草间弥生画笔下规律的典范生成，比较像是近年来湿疹在我身上起舞、蔓延的即兴。

　　苏珊的考古让我无端追忆起十多年前的蜜月旅行"之一"。所谓的之一，意指在热恋期容易将所谓的唯一留给对方，但其余的"一"则派生成无数，因此连蜜月都是复数，凡是我们搭飞机到远方履行的所有行旅都是蜜月，浓烈的爱情叠加经验，因此去了旧金山、洛杉矶、京都还是塞浦路斯,每个都是复制出来的蜜月。或许该这么说,最后去了何处变得不再重要,所有踏在脚下的,每一寸异地土壤、砂砾都是蜜月分泌出来的存有物,那仍是个所有荆棘都是玫瑰化身、所有话语都是蜜语的蜜月期。

如柜姐所言,婚宴后我还穿了一次果冻胸罩,正是那次的塞浦路斯旅行。陪丈夫(当时这个词新鲜得充满惊喜)去一座过去未曾听过的岛屿开会,这里的每间民宿几乎都附设泳池,每天做的事情就是,游泳、吃三明治、喝柠檬水、读书,继续游泳、喝柠檬水、读书。无论是坐在池边的花伞躺椅上读书,还是在民宿房间读书,都好像村上春树小说中的女人。大部分的时间就着泳衣,省得穿脱,正好阳光炽烈,从冰蓝的泳池起身,围上拓有旅店名称的白色浴巾,在大太阳下站立几分钟,身体便发红而干燥。

赤脚踏着石阶回房,特别喜欢回头看刚走过的小径上,一枚接续一枚灰黑发亮的湿脚印,那是踩过时间的痕迹。待阳光蒸烤,脚印痕持续融化,美好的一切终归是无从回忆的虚线。硕大浑圆的落日接近海平线，冲澡后静静凝视天际，擦妥身体乳，仔细换上果冻胸罩，光裸着发红的臂膀，将自己放进连衣裙中。

那是还能理直气壮穿无肩背心的时代，为了岛屿及岛屿所召唤的想象，我穿着背心搭配喷发热带气息的花叶长裙，搭上等了好久的公交车，然后沿着海边散步去和丈夫碰面，一起晚餐。贴着乳房的内衣凉凉的，平衡着全身经过日光曝晒后的热麻，颜色变深的后颈、手臂和脸庞，在夜风的吹拂下也都存留着跳跃震颤的刺感，仿佛镀金般的光辉。属于新婚的奇异恩典。我闻到海风轻吻后飘散出来的乳液气味，玫瑰、佛手柑或者尤加利叶。

隔天，丈夫仍去开会。晏起的我出门散步，海天一色，如画的风景。码头停泊一艘邮轮，我正眯眼凝望船上所绘的海鸥时，一名褐色卷发男子奔过来上气不接下气解释：船、船要开了，现在上船半价、半价，还有、还有，位子。听到半价，想反正无事，什么也没问就跟着男子，匆匆付了钱跳上船。

启航后的邮轮充斥欢闹声，船上有爵士乐团、歌手、免费的柳橙汁、可乐，还有吃不完的洋芋片，几个人围着乐团歌手跳舞，多数人聊天吃食，我则望着深蓝色的海，偶尔看看人群。船开到某处停下，广播传来低沉嗓音，我还在努力分辨那些语音的意义，就看到不少乘客利落地脱衣，露出里头的泳衣泳裤，纷纷从船身一侧放置的长板快速奔向大海，欢欣游走了。这趟旅程船停了三次，每次大约停留四十分钟。临时起意上船的我除墨镜和钱包外什么都没带，只能倚在围栏旁痴望人鱼腾跃。

其中有一位着粉红色比基尼的年轻的胖女子特别瞩目，每次停留，她就和同样肉感、体重应有百来公斤以上的两名女子，一起跃入海中，扬起一朵朵小小的白色水花。从脸孔和年纪粗估，可能是母亲和姐妹吧。海中浮沉着那么多不同肤色和体态的人，像是身材姣好而五官精致的女子，或是刻意锻炼而显现肌肉线条的男人，但不知为何这三个着鲜艳比基尼的胖女子，如此牢牢地锁住我的注意力，是否因为她们正自由而坦然地接纳自己？还有，那名粉色比基尼的女子也如此大方地接受了自己身上的痕迹：肥硕的手臂上爬满大规模的斑，大大小小、黑色黄色褐色的圆点丛集在臂膀，像刺青，像图腾，我想及视力检测时分辨色盲的数字图卡，密集又分散，从臂膀一路延伸到腿，带状延伸。那些圆点雀跃地跟随主人从甲板上跃入大海，等待海浪一波又一波地抚触，等待阳光一遍又一遍地激吻。

全船大约有四分之三的人都去游泳了，和我一起仍待在船上的人不多，其中有一对老夫妻。妻子戴着缀有蕾丝的白色圆帽，身穿黄色连身洋装，外罩一件米色针织衫，珍珠项链贴着瘦而长的颈。在这艘尽是比基尼泳装与热裤的年轻女人的船上，她的装束既不符海岛的暑热，慎重感亦与度假船的慵懒格格不入。她身旁的男士着白色西装，还打了黑色小领结，同样隆重。

妻子的脸看似曾历经烫伤与灾害：紫色瘢痕处处、塌而歪的鼻、几乎看不见上唇的嘴。一开始见我匆忙奔上船，找不着位置，这位西装笔挺的老绅士向我示意可和他们分享同一张桌，她则给了我看似怪异，但想必是温煦的微笑。我们聊了起来。来自伦敦的老夫妻，来海岛庆祝结婚三十周年。途中，老绅士不断聊笑取悦他的妻子,当爵士乐团演奏 *What a Wonderful World* 时,他深情凝望着她,执起她的手,飞快一吻。她掩嘴而笑,说是笑,看来更像嘴角抽搐、面容扭曲。但老绅士真情流露,像宠爱孙女般地看顾妻子。

一艘载满啤酒、爵士乐、比基尼女子的享乐游艇上,老绅士指着妻子对我说:她是我的天使。

傍晚的落日红且浑圆,在海面投映了灿烂余晖。船靠岸前,一名男子突然戏剧性地跪下,掏出戒指,在一脸惊喜的女子面前求婚,旁人欢呼,不知何时已准备好的花环被戴在女子头上。接吻是必要的。爵士乐乐手适时奏出优美旋律,歌手缓缓吟唱。跳舞是必要的。四处是随旋律翩翩起舞的新人,花环紧密嵌住了女子的头发,无论如何摆动,神奇的花环都不会落下,好似她戴的是一顶尺寸刚好并有系带的帽子。落日一寸寸埋入幽深的海面,像被吞噬进去,被安静而黝黑的海一点点吃下去。船缓缓靠岸。

塞浦路斯是我们最后一次蜜月旅行,之一之二之三派生出来如蜜的行旅终于结束。回到家,我用水轻抚过果冻胸罩的内层,滑柔的触感,等干了之后就收进衣柜,想说下次穿。但一收进抽屉,就收了超过十年。

好惊讶我竟还留着这玩意。躲过了几次岁末大扫除被丢入垃圾桶的命运,惊险地逃过被拎起检视但又不知该如何处理或分类(可燃还是不可燃?一般垃圾还是塑料制品?)只好放回原处。隐匿在置物箱最下方的果冻胸罩,以时间胶囊的方式苟活了一年又一年,终于连同置物箱一同跌入我的遗忘之海。打开盖子前,发现心跳快了起来,是担心看到果冻糊成胶状,如同煮烂的一锅粥,还是害怕它分解成像纸张或干掉的皮屑,或者更可怕的被蛀虫啃了?尘沙般的黄斑。

但什么都没变,只是内里干燥,最上层的塑料膜发皱且开始剥落。果冻胸罩仍在透明塑料垫上支撑出完美的胸形。忠诚地挨过我十年来的遗忘,在衣橱内坚贞抵御着不怀好意的灰尘,即使誓言如同身材逐渐变形的当下,它仍带着饱满的信心托举着不存在的乳房,画出虚线,曾有过的灿烂金边。

半　脸

　　捷运上方的广告横幅，正销售花样缤纷的口罩。对面的乘客，不少也戴上了彩印口罩。想为自己买一盒花朵盛放的口罩。只是一念，不知为何这个念头顽强地占据脑海，回到家就立刻上网搜寻花口罩，竟然好热门，很多都跳出"补货中"的字样。真奇妙，只是一眼，此刻却突然非常想要花口罩，于是骑车到附近的量贩店，买了一盒，包含五种花色，粉蓝小碎花，淡紫细花，缠绕画般的花朵团团绽放，细小花蕊仿佛犹在风中颤动。素面底色喧哗着各色缤纷，嫩黄淡粉犹如春日荣景。

　　那阵子喜欢穿黑衣或深色衣裤。尽情绽放的花系列口罩，与黑成为绝配。

　　当疫情趋缓，每日都是习以为常到理所当然的"+0"后，口罩开始外销并支持他方，讲究起色彩学，先是各色素面，然后是各式花样，渐层色紧跟在后。想及疫情刚开始的那年冬天。

全家开车北上的二月。

下交流道后，一见便利商店，遂下车寻觅口罩。买不到口罩，只能先拿非医疗等级的挡一下。最缺的还是孩童口罩。我和儿子、女儿坐在便利商店的内用桌旁分食布丁。在他们安静享用甜点的十分钟内，便利商店的门"叮咚叮咚"响不停，涌进诸多焦急的人，扑了个空的他们各自带着失落的神色、焦躁的目光离开。提前部署，口罩管制。

当时我们还不知道接下来发生的事：药房排队领口罩，学校鼓励老师在线教学，师生于课程中皆需佩戴口罩，各大活动纷纷取消，韩国某教团的大批感染者酝酿更深的不安，台湾大型宗教活动暂停举办，老牌餐厅抵不过疫情黯然熄灯，清明连假"垦丁"挤爆、医忧台湾将进入小区感染，漫天飞舞的阴谋论。此刻孩子仍沉浸在吃软绵绵的布丁的幸福氛围中，我也还处于快乐且无知的泥沼，不知愈来愈多疫情相关的讯息如潮涌挤入世界和视界。买不到口罩，跑了几家连锁药局，发现连酒精、各厂牌的干洗手、手部清洁液都一一缺货，我才后知后觉意识到：我们稳妥安适的小日常，即将消逝。

那年冬天，延缓两周开学。

终于开学，学生们戴上口罩，走进教室前二十分钟，我在研究室对着粉饼盒内的圆镜涂口红。茶香乌龙，雾面的口红有好听的名，当初究竟是因为颜色还是名字才买了这支口红？仔细想了一下，原来是柜姐当时正涂了茶香乌龙，我一看便爱上了这款低调的红。那是在疫情之前，还没有戴口罩的日常，所有人都能无意识地裸露出口鼻，现在想来却像远古时代。确实是远古时代哪，就像整理旧照时，看见影像中定格的自己和人们都没有口罩遮蔽，笑或者不笑。边涂唇边漫想：判断一个人是欢欣或哀伤，究竟是由五官中哪一个决定的？倘若掩去口鼻，单从双眼、眼角纹路与眉毛昂扬的程度，能否得知对方情绪？光是眼神即能透露爱意或杀机？鼻与唇能否强化暧昧或敌意的讯息？描画完唇形，正准备开门步出研究室，才想到要戴口罩，口罩一覆盖上去才想到该死的我究竟为何这么认真涂口红，真是做白工。

太习惯了。不假思索。

化妆抹唇膏的习惯，比戴口罩来得更早也更久。

走进教室，学生也都戴上口罩，仅露出双眼看我。

一批新的学生，初次见面，我们以半脸相对。

下课回研究室，脱下口罩，内里留下淡淡的茶香乌龙，红色月牙。

接下来几周，面对讲桌下数十张青春半脸，我逐渐记住那些未被覆盖的双眼。直觉而无意识地，好似单看双眼，脑海就自动勾勒掩去的鼻和唇。绝非透视能力，纯粹出于直觉与想象，或从记忆资料库召唤并配对五官，从熟悉的脸谱中自行生成与描画。日子久了，自己也被虚构出的脸谱说服，相信对方就长得和自己想象的一模一样。

不，这根本不需要说服。脑海自动配对生成口鼻，我带着不假思索的前提进入教室，看着他们，上课，下课。

天气越来越热，疫情渐趋平稳，部分学生不再戴口罩上课，当他们露出整张脸，我才惊觉对方和想象中完全不一样：以为有着浓密睫毛的双眼下，会是高挺的鼻梁和薄唇，结果却是宽鼻厚唇。当一位陌生的学生跨进教室，正怀疑对方是否走错了教室，当他戴上口罩才发现竟然是那位每次都坐第三排的高个子。另一位格子衬衫的男同学是熟悉的，但没戴口罩却倍感疏离。

即使已试图记住对方没戴口罩的模样，下次遇见，又不自觉为那双眼搭配了原先臆想的口鼻，待对方卸除口罩，内心又一阵惊讶，努力记住对方的模样，但到了下次还是直接恢复成想象中的设定。一次、一次，又一次。脑海中不断重制错误的面相。

难道从今往后，只能记住有口罩的半脸了吗？

曾认真而深刻地想着：那些虚构出来的口鼻轮廓，那些被想象复制、叠加出来的脸谱，究竟是谁？其中一个女生，为何如此熟悉？

像早已搬家多年的邻居？

流逝的时间和残存的记忆仅容许我记住对方名字的最后一个字：真。每当念想到这个女孩，就习惯称她为"什么真的"。"什么真的"小学时和我同班，放学后偶尔来家里玩，当她离开，我经常找不到作业本，逐渐淡薄的影像却永远洗刷不掉恒久的担忧：边哭边从抽屉、书包和房间角落仔细找作业簿，以及趁父母入睡后悄悄捻亮台灯，在新的作业本上重抄一遍当日生词。

一把鼻涕一把眼泪。夜晚放大了心跳声和屈辱感。

曾怀疑"什么真的"偷了我的作业簿，但"什么真的"又常以甜美笑颜和无辜眼神让我心生愧疚，对暗中怪罪于她而欺悔。

文章停在这里，没有接续，如同很多储存在云端的文章，只有开头，没有后续，无以为继，大约是我又去忙别的事了。

从什么时候开始，很多事情都只做一半，或者说做一半就把仅剩的力气用光了,又或者,什么事都叫我分心,Tizzy Bac(铁之贝克)如是唱着。一半的文章如同尚未长全的肉身,等待缪斯女神赋予完整骨肉。又像是被掩去的半脸,太多的阅读空隙。重读这段文字,回忆又于脑海重新有了颜色、形状和重量。大疫之年,事物加速更新,上文提到那年冬天的口罩缺货,以及缤纷花样口罩持续缺货的段落,好似很久很久以前。

并不很久以前,台湾被形容成好似活在另一个平行时空的时间点后,没隔多久,本地确诊人数突然从十位数暴增至百位数。当时听闻消息的我刚坐上客运,不禁倒抽一口气,惊愕之余下意识地拉妥口罩,尽管已十分贴合,但紧张感让我反复确认贴合度,持续追踪记者会的消息。

诸多同样杵在那年五月中旬周末的人,是否和我一样,掩盖在口罩下的是震惊的表情,上升的数字在脑海中浮沉。些微气息被吐出,短暂回返于脸和无纺布之间,不同形色的口罩此时也尽责地拦截我们的、人类的鼻息。

随意瞥一眼，邻座的短发女孩戴着黄色口罩，强化了黑色眼线及赭色眼影，尤其垂眼滑手机时，那双美丽的眼就更明显。她身旁的大男生戴着黑色口罩，也正滑手机。我的左后方，头发花白的大叔戴上迷彩口罩。看不到他们的表情，口罩遮去了半张脸，五官被遮盖一半，无法辨识表情。只露出眉眼的乘客们看起来很镇定，很温和，不喷洒飞沫，不口出恶言，没有伤害性的言辞从嘴边泄露出来。

准备出发的这辆车几乎满座，大家应该都无法预料，半个月后，当我再度搭客运时，车上就仅有我和司机两人。

这车的人，候车时先戴上了口罩，也必定在验票时将手伸入温度测试与酒精喷雾仪器之下，必定让酒精凉凉地行经掌纹，如同时间穿过命运线，必定带着一颗犹然搏动的心脏、持续流动的血液、不刻意觉知却恒在的呼吸上车，坐定，安顿行李，拿出手机，让讯息及其杂质、神秘和真伪，照亮眼睛。

在那不断进入目光的讯息中，漂流着恒河沙数的矛盾真相，似是而非的一切如波光闪烁，在那里，无论有没有戴上口罩,每个人都在讲话,也都有话要说,喷出口沫或暴力言辞,令我兴奋,令我疲倦。认知偏误构成了我们对世界的理解:倾斜的、偏狭的、破碎的,即使有数据、图片,但那皆以碎片的形式被传递,再无法完整。

在平稳前行的客运上,即将落入睡眠的前一刻,我又突然想起"什么真的"。

"什么真的"搬离后十年,在我俩考上不同大学的那年暑假,她与母亲从另外一座城来我家拜访,"什么真的"面带微笑聆听两位母亲的闲谈,我们没搭上什么话,她却在离别前突然对我说:"我真的很高兴你考上理想中的大学和科系噢。"顿时我觉得"什么真的"好假。尤其是那双闪亮如玻璃的眼珠。

那时还没流行瞳孔放大片,但总觉得对方的眼瞳上覆盖了一层雾气光辉,深蓝,灰白,暮霭般的神秘暗泽,坦白说这倒让我有点怕她,感觉真正的她并没有真的面对我,貌似望向我又穿透我,真正的她好似躲在那层盔甲般的瞳孔后。可能正因如此,又或许我们根本不熟,连用开玩笑的方式也无法开口:当年你是不是偷拿了我的作业簿?害我熬夜重写一遍超累的。虽然我在她讲话的时候想到了这件事,但始终没问,因为光是这个念头也让我觉得自己很假。

(怎样?难道要一起怀旧,温柔摊开旧伤,和当年的小女孩来个真心话?)

后来我再也没有见过"什么真的",除了那年冬天的课堂上。

有位长发女孩睁眼望向讲台时,不知是因为角度还是氛围,我就从对方雾气般的眼神中想起"什么真的",甚至怀疑,如果她早婚的话,眼前这女孩会不会是她的女儿。但某次当这长发女孩脱下口罩,才发现两人全然不同,嘴形、下巴完全不一样嘛。

才遮了一半,但为何有种全遮了的感觉?口鼻、下巴,竟让整张脸有了不同的标志。

另有一位读书会的同组男子,年近六十,声音低沉有磁性,他的声频和半脸令我想及刚搬到异地时租赁大楼的警卫,但他专注于说话时从眼角泄露出来的纹路，以及开怀大笑时眼角分泌的泪珠，就像已逝世十年的外公。没想到还有两种选项，遮盖掉口鼻的脸膛竟是拥抱多重可能的演算题，在提取回忆和几度斟酌比对下，犹豫选择了后者：我的外公。即便眼前这名男子坦白说一点都不像外公，又即便那一刻外公已失去了肉身和名字多年，但他那张被皱纹刻蚀的脸却始终对我的误读贡献了诸多细节，于是注意力突然溢出了桌面摊开的书，越过眼前半脸的男子，穿行过记忆遮蔽记忆、时间覆盖时间的时日，埋首于外公面相的档案柜，张望他发黑变小之前，注视他尚未被送去疗养院前，喝酒喝茫的那张脸。偶尔神清气爽的他会将铜板塞在我濡湿的手心，要我去甘仔店买棒冰。

没有任何一张照片，但就是顽固且长久曝光于脑海的影像，那张脸。

后来推想，可能当时读书会正热议着死后的肉身，修行者须从倒卧路径上的死尸观察及冥想，阅读那册肉身如何经历消亡的过程：血、肉、体液、虫啃蛆钻、四肢分离，最终骨骸如雪洁白。是不是因为如此提示令我想起了生命中的告别和眼泪，还有其中无法细说却总是骨血相缠的幽微情感？于是眼前这个男子就不会是警卫（虽然后来也不知对方生死），而是已作古的外公。

当读书会的男女们诵读经文，我抬头，热切而仔细阅读一张张半脸。从读书会开始，他们就已戴上口罩，未曾看过他们的脸，整张脸。张望教室里的半脸们，诸多表情的历史或历史的表情就藏在口罩下，我不禁恍惚浮想：还有哪些未经辨识的半脸？诸多从记忆深井打捞出的半脸失去名字，没有编号，垂挂或沉浮在遗忘与记忆的边界。他们是谁？难道是梦中所见？我曾像许多成人那样自信吹擂："只要看到脸我就能说出他的名字。"这一刻却成了最佳反讽。

他是谁？他们是谁？

为何我会在仅露出眼睛的半脸中，直觉地画出他们的口鼻轮廓，直到有一天他们不再戴口罩，反而认不出真正的他们？

半脸提供了故事的多种版本。然而，是否正因是半脸，才有编织想象的可能？

盯着新闻，以及新闻影像上的众多半脸，继续浮想。

疫情最严峻时，尽量一周出门一次，出门前，端详镜中的自己：艳彩花卉绽放于口罩上，妍丽生机适足搭配黑衣黑裤。明明只是例行采买，顺便备妥洋芋片和雪碧，搭配那阵子追的韩剧《Move to Heaven：我是遗物整理师》，自问：为何穿得像守丧？

后真相时代，那么多拼凑、推敲、剪裁、后制的故事，彼此以矛盾的锋利边缘相互撞击，夜里多梦。梦中常出现熟悉又陌生的人影，声音和色块纠缠，觉得那是谁又好像不是，脸孔都是拼贴出来的，其中一名女子，仿佛是"什么真的"；真的是"什么真的"吗？好像也无法确定，梦中我也终于问了：是不是你偷走了我的作业簿，害我趁爸妈睡着，偷偷爬起来重写一遍？

"什么真的"说了些什么，但醒来只记得：你们都误会我了。她说的是"你们"，然后又说：我不是"你们"想的那样。难道除了我，很多人都误会"什么真的"吗？梦中的她仍旧以那双仿佛佩戴瞳孔放大片的眼，注视着我。

梦中的她并没有戴口罩。

就像疫情前的时光，像我们收藏的照片和所看的影集，没有任何一个人戴口罩。病毒变异快速，感情跟不上，梦也是，仍停留在岁月静好的恒常。

"什么真的"突然从我家切换到舞台上，独享最强的一束光，冷冽又炽烈的光特写了发亮的额头，哀伤的双眼清晰可见，但光投射的角度恰好在口鼻处融成阴影，没戴口罩，却是张半脸。

时而深蓝，时而灰白的眼，在我醒来的前一刻，就这么注视着我。

辑二

头朝下

她愿意为他生四个孩子,不生孩子,一个孩子。
天真无邪,却能提供最佳劝告。
身体虚弱,却能举起最沉重的负荷。
肩膀上现在没有头,但以后会有。

——辛波斯卡《一个女人的画像》

头朝下

故事就该从这里说起,头朝下的时刻。

· 1 ·

清晨五点半,隐隐传来孩子的哭声,随即消失。

倒是已听不见楼下的夫妻吵架声了。大概吵完又各自睡回笼觉了。大约两小时前,粗糙低沉的男人骂声从浴室下方传来,伴随女人尖锐的哭号,然后是猛力的开门关门声。被吵醒的我知晓,今夜再也别想睡了。

披上披肩走到客厅的落地窗前,望着仍黑的天,捧着马克杯喝热水,准备每日的早课,清晨的第一件事。

落地窗外是阳台,前屋主留下整排的黑色塑料花器，里头长着蓬勃而健康的左手香。想起过去住的那栋楼，几次，绝望的我拉开纱窗，看着透亮的天光从天际边缘悄悄绽放。

有阵子张开眼，第一件浮上脑海的就是悬疑惊悚的家族剧，白昼有不时打来的电话，铅一般的讯息，匕首般的话语，让我陷入更多黝黯声浪。记得有次两名警员步入我家客厅，要我和丈夫去警局做笔录，于是更多电话打来，激烈争辩，恐惧声线，禁止我去警局解释。那天，我看着自己颤抖拉开落地窗纱门，跨出阳台，从主卧室乍然传来女儿的哭泣声。

当时我住六楼。从阳台往下看，不过是如常的周末清晨。七年的大楼在这一区挺新的，一楼中庭的水池里有浑圆硕大的黑色石头，风吹皱了池面，水波，诗意荡漾。

从这个视角看不见任何人，隐约可闻孩子间歇的哭声，强了一阵又弱下去。还好楼下没人，绝望的我突然心生感激。看见供人坐卧的藤椅散发着可靠而低调的色泽，仿佛欢迎住户们随时将自身抛掷其中。耳畔突然响起女子叫声：喂，离那边远一点，我说你，远，一，点。

声音是从回忆里掉出来的。

几个月前，我在这里看见小区里的一位年轻母亲，就坐在这张藤椅上滑手机，两个幼童在旁奔跑嬉闹，她不时从屏幕抬眼，大吼：汤米不要去碰水，那很脏，离远一点，把妹妹带过来。没多久母亲又抬头大吼：就跟你们讲远一点，离池子远一点，远，一，点，再远，一，点，不要过去，等一下掉下去你试试看。

那个叫汤米的小男孩，很快地和妹妹离开了池畔。

事实上水很浅，石头很多，那不过是伪造溪流，禅意拟仿，死神没兴趣。

死神不是女神，不会从池里缓缓浮现，少女稚气的脸蛋流转着圣洁光辉，她拿起金斧头和银斧头，亲切地问你掉的是哪一把。诚实是正解，善良最可贵。后真相时代，死神反倒从天而降，不是从云端抛出足以置人死地的纷乱讯息，就是跟随失意丧志者从高楼坠落（降临？）。

走到阳台的那日清晨，我并没有看到汤米和他的母亲，可能还在睡吧。怀抱着忧伤和梦魇，继续沉睡。

头朝下。我瞥见二楼住户的阳台边缘，伸出绿色藤蔓，姿态曼妙，舞蹈般的，在灰色天光中显得精致无比，又脆弱得无以复加。还有一种无法辨识的植物，伸出厚而硬的苍绿色叶片，若剑若刀，肃穆地等待天亮。倘若跨出阳台，头朝下坠，是否会被刺穿？还是比较惨烈的：上衣被钩穿的同时竟也险险接住了肉身，然后悬吊在那回不去又下不来的尴尬空间，即将天亮的片刻，在赶来的管理员惊惧目光中来回摆荡？

头朝下。你看到这些。

· 2 ·

当我被产后忧郁与午间电话纠缠时，好友建议我去按摩。她分享在按摩室的美好经验：头朝下，眼闭上，耳边流泻抒情钢琴曲，全身赤裸的她任由芳疗师弹奏。

什么都不管，都可以抛下。

不过因为太忙，我大约几个月才去一次芳疗课程，然后隔了半年、一年、两年，结果两个孩子都上小学了，我的三十堂课程还有剩。

但在那之后发生了一件事，每周从学校离开，我得匆匆赶去上另一类"课程"，持续大约一年半。某个周日午后，因牵引车施力过猛且不当，后腰清晰传来强烈的痛楚，当场跌坐在地。当天是母亲节，我进了急诊室，医生找不出原因，给我打了止痛剂后，丈夫就载我回家。

我躺在床上呻吟，等待闪电般的疼痛乍现又消失，消失又重现。孩子也是，他们忧心地咚咚咚跑到床边，眨着大眼睛问："妈妈你还好吗？"我挤出一丝笑容："妈妈痛痛。"孩子亲昵地搂我的颈子，飞快一吻，然后又咚咚咚奔去玩玩具、看绘本。尔后又来问："妈妈你现在有没有好一点？"

隔天仍无法下床，托同事紧急代课，他建议我去帮他调理身体的师傅那儿看看，没多久他回讯，说他的师傅通常得两三个月前预约才有空档，除非特例可以紧急安插，"什么特例?"我私讯他，过了几分钟回讯："你就跟他哭说你现在除手指以外，其他地方都动不了，生不如死。"

我挣扎起身，倚在蓝色靠腰枕上试图传讯。默默祈祷：我掉了一把破烂又肮脏的斧头，神哪，请换给我金斧头或银斧头，我都ok。

没多久讯息已读，"神"回讯息：下周一傍晚五点半临时挤出一个空档给你。意思是我还要生不如死躺七天。

随即想起女儿幼儿园同学的父亲是整脊师，等了半天讯息，才顺利插队。当天傍晚，我和蓝色靠腰垫一起被载到透天厝一楼，雾面落地玻璃门，没有店招。一进门，几名男女老少抬头望你，其实也不是看你，就是抬眼的同时顺便活动脖颈，随即又低头没入各自的讯息汪洋。

正中央，正在被调理的"信徒"头朝下，全脸没入黑色按摩床前端，唯有乱发如蓬草刺出。偶尔看见"信徒"的半张脸，那是整脊师双手穿过他的时刻——被折叠者双手向后抱头，整脊师便从头与圈起来的双臂间的空隙，轻巧又完美地将对方的上半身提起来——初次见到的我仿佛回到童年看大卫魔术表演的时光，暗暗称奇，被提起来的善男子或善女人似乎也同样惊奇，脸部肌肉细致扯动，说不清是痛苦还是快活，难以定义的神秘感知，随即整张脸又被妥善放回那个洞。

如果彼时正好有摇曳火影，一张黑色挖洞的床，搭配间歇细微的骨头摩擦声，以及被折叠者在忘情又克制的疼痛平衡里的哈气吐舌，其实颇具献祭氛围。

之后我也加入被整的善男信女行列。女儿同学的母亲丽子直接帮我插队，开启了每周一次、每次半小时的"头朝下之旅"。身为整脊师的助手，丽子总不忘提前两天来讯，慎重提醒必须在五分钟前抵达，千万不能迟到。信众成海，各有不好说的隐痛，准时才不会耽误后面的客人。

我通常在十分钟或更早之前抵达，边听整脊师优雅地创造细致的骨头噼啪火花，边在被整者吸气吐气之间默默取出我的书。

那年冬天，我在异质又瑰丽的环绕音场内读佩姬·辛纳的《我这终将弃用的身体》，着迷她像手持解剖刀般，以细密又精准的文字切开自身，微笑从容地在读者面前大卸八块——另一种形式的自我献祭？久违的大卫魔术？

仿佛回应佩姬无私的揭露，我那持续如电流奔窜的腰酸腿麻会在此时更加热烈，让我知道它们的振奋。（迫不及待被整？）

佩姬谈自己将典型的犹太人鼻微整形，也提到去百货公司买内衣如何被"涂着白金色指甲的女店员"将乳房"又抬又挤"，我也随即想起自己过去在卖内衣的更衣室里，不是瞪着镜中的自己，就是头朝下盯视柜姐亲善地将手指伸进我的内衣，试图又抬又挤调出完美地形，佩姬形容那真是"又惊又羞，但也只能随她蹂躏"的"魔术时光"。

阅读过程中我常克制地不让自己发出没礼貌的笑声。如果众人皆哀号，拔尖的笑声绝对是没教养的证据。于是我只好假装咳嗽或挪动屁股，站起来又坐下，看看窗外暂时停放的两位"信徒"的车（一辆奔驰和另一辆奔驰);或将头低到尘埃里般作势检查手机讯息,扭捏地控制因浓密笑意而制止不住的颤动。

还好当我局促狼狈之际,就轮到我。刚打磨好的肉身告退,整脊师快速消毒按摩床,将保护头颅的圆形硅胶脸垫从洞口拔出,清洁后,重新在脸垫上铺好粉红色的十字洞纸。我收起书,走向按摩床。

一切就绪,只欠头朝下。

尽管被整了一年半,每回将自己的脸嵌入那个洞,还是会有麻麻的电流刺激感,先是从拉伤的腰部乍现,迅速爬升腾跃,然后像杰克的魔豆那般一路疯长至头顶,等候整脊师又抬又挤的魔术时光。

· 3 ·

产前,妇产科的卫教就已经明说,千万不要给小孩趴睡,经医学研究证实,趴睡较仰睡具有更高的致死率。产后,在日夜颠倒、睡眠不足的难得清醒的片刻,无意识转开电视,迎接我的是女婴趴睡猝死的新闻,伤痛不已的女婴阿嬷侧身对着镜头,身影模糊,哭号清晰：哎哟，发现的时候我给她转过来，面已经乌乌的了。哇。呜。

几个月后抱女儿回诊，医生确认孩子发育指标时也特别叮咛：没有给小孩趴睡吧。我立刻心虚响应：没有。那好。医生低头。我想象他在一连串窗体细目中打钩确认的模样。

但那段时间我让女儿趴睡。因缘凑巧，别无选择。

女儿出生后头一个月，夜晚常醒着，不是哭醒，就是睡饱醒来继续哭，我按照教科书上的知识一一检查让她不舒服的原因，但就是找不到原因。同住的家人说："她是不是没吃饱？""你有没有换尿布？"最后大概受不了只能抛下一句："你是要饿死她还是怎样？"

话语如同暴雨将睡眠匮乏的我再度击落。轮到我睡不着了，胸口饱胀着困惑和委屈，最后只能颓丧怀抱女儿一同悲泣。

有次不知怎么，半夜被哭声吵醒后立刻机械性地掏出单边乳房，塞入女儿小嘴，首章通常是快板渐强的吸吮，逐渐滑入平缓流畅的第二、第三章节，最终则是温暖绵糊的最慢板。母女两人陷入寂然。

再度张眼时竟是白昼，阳光在窗帘外友善守候，我吓了一跳，从床上弹起——到底多久没一觉睡到天亮？偏头一瞧，床头闹钟笑说：今天你睡到早上十点十五分。天哪！我竟奢侈地连续睡过六小时。

然后才突然意识到女儿，只见她头侧倒，脸没入好可爱的小兔花毯中，呈趴睡姿。天哪怎么会？我手抖着伸向女儿（脑海跳出新闻上阿嬷形象化的修辞：面乌乌的），慎重翻正（神哪，我掉的的确是又破又烂的斧头，请原谅我），女儿脸蛋红通通的，正睡得香甜，我流下感激的泪水，不知是终于和女儿一起睡到天亮，还是什么其他复杂的原因。

于是开启了女儿头朝下的人生初旅。

甜美梦境中，母女俩飞翔在软绵绵的睡眠云端，头朝下俯瞰睡成一团、鼾声四起的美丽城镇，那里不再有哭泣的婴孩，不再有睡眠被剥夺的母亲，也没有莫名的指责和讪笑。

头朝下是神的视野，宽容的叙事观点，性别，母亲,身体,每个关键词都被捧在掌心,在宝蓝如钻的夜空覆盖下,众生平等,万物酣眠。

于是我一次又一次睁眼迎接曝光过度的明亮白昼,一次又一次欣喜地将女儿头颅翻正,她也从没让我失望地离开口水濡湿的小被毯,脸颊益发红润,讨喜的神色,翻过来仰躺,几分钟后,张开细长的眼,眼瞳倒映着脸上终于有血色的母亲,粲然一笑。

女儿渐渐长大,无眠的夜成为传说,母女俩皆不复记忆。凡见过女儿的亲族说:你是怎么养的,这小女孩脸蛋小,下巴尖,头颅好圆,以后肯定是个大美人。

· 4 ·

另一个更早的头朝下的记忆。

女儿彻夜酣眠的一年半前,我和丈夫住过洛杉矶威尼斯海滩旁的青年旅馆,当时我一定是脑筋坏掉才答应他住青年旅馆,话说有人在蜜月旅行住青年旅馆吗?他原本想住十二人房的通铺,在我突然正常的瞬间才协商为四人房。当时我俩各自的单人旅行也常住多人宿舍，因此觉得没啥不妥就订房了。

他前一周先飞到美国开会，会议结束当天我飞往洛杉矶，两人在听来很浪漫的威尼斯海滩碰头。我到的时间是下午，入住时其中一位室友已在房里了，蓄白胡的他退休后迷上徒步旅行。由于时差，我礼貌打过招呼就昏睡过去了，直到细碎的说话声传来，睁眼一看，丈夫刚好抵达，和另一位热爱寿司的男子——不知为何，对方一见我的东方面孔，就热情跟我说明他最喜欢的食物是寿司——聊得十分开心。

也许白昼睡得太多，也还在调时差，晚上我翻来覆去睡不着。其他三位男室友沉沉睡去，没多久，两样事物来到了我的床前：脚臭及鼾声。他们仨以如此这般男性气概，在深夜房间里继续交谈，为我朗读，其中，白胡先生的鼾声最为磅礴，揭开夜的序幕，和他相比，丈夫和寿司男简直是幕后花絮。

过了一会儿，隔壁的上铺有细微声响，一个黑影缓慢下阶梯，是寿司男。他站在下铺中段，将白胡男的头左右翻动两次，小心翼翼地，好像正从包装繁复的礼盒中取出瓷器那般。经过他的翻动，白胡男的鼾声弱了半个音阶，他又缓慢爬回上铺。拔尖的鼾声中断，简直像拔掉插头那般，声音立刻断电，寂静持续一小段时间，直到音势逐渐飙高，他再度爬下来替白胡男翻脸。

我从棉被缝隙中目睹了这奇幻的一切。翻面，鼾声中断，爬上床。鼾声渐起，下床，翻面。最后，老先生的脸仿佛朝下。神奇的头朝下，我暗暗赞叹。

隔天寿司男跟我解释，他和白胡男共住了一个礼拜，第一天乍闻鼾声，还以为哪个家伙半夜去用洗衣机轰隆隆真可恶，几度醒转，才确认音源来自下铺，而他听过治疗鼾声的最佳秘方就是去翻动打鼾者的头颅。于是开启了两个男人的头朝下深夜之旅：寿司男爬下床，将白胡男的头侧倒、朝下。

不过后来我就睡着了吗？其实没有，声音持续，约莫来自寿司男或丈夫。

好不容易撑到五点，我终于受不了把上铺的先生摇醒，想跟他好好聊一下。喂喂喂，起来，快起来。噢，倒不是凯瑟琳·曼斯菲尔德在《蜜月》中，妻子范妮慎重地和丈夫乔治谈的:"现在你真正了解我了吗?我是说真正、真正地了解我吗?"而是低声抱怨:"接下来几天可以换成双人房吗?"见他仍一脸疲惫,我下床,开门,去问柜台人员,失望地得知两人房早已全订满了,我不死心,继续问。交涉的过程中,丈夫一身运动服跑步鞋现身,准备晨跑。我瞪大眼:你居然还有心情慢跑?他耸耸肩,微笑问:"要加入吗?"我翻白眼的同时,还得快速在"回房继续听鼾声交响"和"整夜没睡撑着跑"之间,挣扎地选了后者。

现在想起来,那段旅程完全没有凯瑟琳·曼斯菲尔德的风格,反倒有一点点玛格丽特·阿特伍德,一点点艾丽丝·门罗。

· 5 ·

有次轮到我被整前,正在按摩床上的女子受不了整脊师的力道,突然大叫。她的叫声让我唐突忆起了童年时期的某个片段,有一点安吉拉·卡特的味道。

大概是小学四年级的班级户外教学，去参访了某个以搜奇为主题的博物馆，永远忘不了其中一个展是这样的：一个女性头颅被盛在精致的大圆盘上，圆盘安置于铺着白色桌巾的桌面，圆盘旁不知是否有刀叉、高脚杯。看起来，那是颗没有身体的女人头，黑发浓密，脸上涂满胭脂，过分卷翘的睫毛，眼神跟着你，偶尔开口说话。桌上放了小立牌，上面用卷曲的花体字写着：神秘美人头。

似乎是利用镜面反射四周的机关使然，女人坐在镜面框围起来的逼仄空间里，浮出头颅四处张望，也被看视。对童年的我来说，这空间充满了诸多不合谐音：四壁紧贴的镜面，边缘装饰着花叶枝条的大圆盘，以及盘中那颗盯着我瞧的浓妆美人头。巨大的压迫感，诡异得令我窒息。我很怕，但又爱看。

同学的哥哥不知道为何没上学，也跟我们一起来看展，见我害怕，他笑说：这有什么好怕的，那女人有身体，她就坐在那里面很无聊等下班啦，我来过很多次，见怪不怪，而且今天不知怎么搞的那女人脸很臭，大概跟男朋友吵架。当时我心里纳闷，他用"女人"而不是"阿姨"来形容美人头,"女人"这个词被一个大哥哥说出口时,脸上暧昧的神色令我不安,对我产生的冲击感可能更甚于美人头的诡异。

更诡异的是,哥哥的声音居然穿透玻璃,且似乎正戳中美人头的心事,因为那张脸更臭了。哥哥仿佛受到鼓励,从他年少浅薄的认知或从民间故事获得的讯息里,所有女人的笑盈盈都来自被爱上,苦闷的女人必源自被弃,于是他更扬声调侃她脸太臭没人要,男朋友爱上别人了喔,呱呱呱,哈哈哈。

突然间,那颗头怒目瞪视,飙骂:你们这群小鬼没家教,你爸妈老师没教你不能这样跟大人讲话是吗?你们哪一个学校的?我去告诉你们老师。玻璃窗有效地吸收、淡化了女头颅愤怒的分岔音,回荡在斗室内形成回音,但最末来回冲撞的两句话可把我吓傻了,我双腿无力,迟疑地后退想逃,只见同学哥哥挺身向前,回呛:死臭脸被我说中了吧,一定是男朋友不要你所以你黑眼圈像熊猫,额头还长痘痘,好丑,什么美人头,明明是丑女头。

没胆的我瑟缩在旁,目睹盘中孤零零的女人头和中学男生对呛，想快步走掉，却又无法自拔地继续收看，倾斜的异世界硬是将我发软的腿钉牢地面，徒然杵在语言交锋处发愣又发颤。同学哥哥继续加码：哈哈哈，丑女头，没人爱，丑女头，没人爱。

此时咬牙切齿的美人头突然沉默了下来。头朝下，静止半晌。浓密黑发遮蔽了脸。

哇！女鬼。女鬼，女鬼。恶心的女鬼。快走快走。

同学哥哥以及其他几个想模仿他声口、动作的小萝卜头作惊恐散开状，嬉笑声回荡，留下怕得要死却动弹不得的我。大约半分钟吧，头颅缓缓抬起，泪水一颗一颗泌出眼眶，从浓妆的脸滑落，断线珍珠。透明的珍珠将她的黑色眼影柔柔晕开，一条诡异的黑色虚线默默写在死白的脸庞上，那是我初次目睹的震撼镜头。

下一次再看到类似的画面，则是多年后光裸着肩颈的辛晓琪，高唱"啊多么痛的领悟呜呜呜"时，从眼眶潺潺涌出的黑色河流。

现在她看起来真的有点像女鬼了。神奇的是，流泪的女人头反倒不再令我害怕,十岁的我清楚感受到一股亲切又失落的痛楚,想到每周六下午一小时的民间故事节目,每集导演都会捧出一张重彩涂抹的女脸谱(倒没有装在大圆盘里就是了),也会有一颗任凭眼泪滴滴滴、从白天流淌到夜里的哀怨头颅,其中一集的红衣女子站上圆凳,伤心地将头放在从屋脊中央垂下来的绳圈里,宿命的永恒洞口,奋力踢掉圆凳。

翻目,吐舌,终极的头朝下。

此刻,民间故事的断头女鬼恍若飘至眼前,在凉飕飕的冷气房里和我一同目睹美人头流泪的双目。但我还来不及细究,又被好大的嘎嘎声给吓着,规律的机械声响伴随着猩红色帷幕,从两侧向中央缓缓聚拢。全剧终。直到布幕完全合上前,她的脸凿出了两条崭新的黑色河道,目光中的一抹哀戚像微小火苗,闪闪灭灭。

那是从来没上过的女子卫教课,就在我面前神谕似的如蓓蕾绽放。女人头无法抹去黑色泪痕,她没有手;或该说她的手在白桌布遮掩的小暗室里,待观众离开或下班之后,她才能从椅子(准备踢掉的另一张圆凳?)上站起来,把双手拿出来,替自己拭泪。

一个吊牌倏地掉出红幕:休息时间。

下方小字:下午一点重新开放,敬请观赏。

· 6 ·

后来我曾认真想过同学哥哥所说的,伤心美人头是不是真的被男朋友抛弃了。如果可以,她会像小美人鱼那样,为了再见王子一面,拿声音去跟巫婆交换吗?如果连声带都被夺走,美人头就不能像女战士,在动弹不得的大圆盘里,在凌迟的言语暴力中,奋力回呛无数个没教养的男生了吧?我再也没去那间搜奇博物馆之类的鬼地方,当然也就没机会再见到美人头了。

我也认真想过,美人头下班后,是如何以完整的全身,移动双脚(小美人鱼为了心爱的王子而多渴盼获得的礼物哪),转动钥匙,回到自己的房间,仔细卸妆的素朴模样。有人爱她吗?有人会暗地指责她吗?有人会以爱之名指责她吗?以爱之名讪笑她吗?

她会躲在棉被里，拉出童年小被毯的一角，放心地将委屈都哭出来吗？比起冷气太强的展示间，被窝恐怕才是自己的房间。不过，我接下来要说的一点都不"弗吉尼亚·伍尔芙"，恐怕有点"多丽丝·莱辛"。

有段时间，染蓝发成为时尚，但鲜艳的蓝竟让我联想到童年时代不慎也不幸读到的《蓝胡子》。读者一定知道蓝胡子有间秘密房间，里面整齐垂吊着他的前任妻子们，头朝下，无助地凝视满地发黑的血迹，仿佛也困惑地思考这个故事到底要说什么。

蓝胡子让现任妻子挥霍财产，有次狩猎前的他拿了一串钥匙给现任妻子，说：什么房间都可以开，就是别开那把黄金钥匙的地下室。故事就要从这边说起，乍然开启的门后悬吊着一条条血腥真相，不仅头朝下，也要有下坠的钥匙——一把惊慌而掉落现场以至于血迹怎么也刷不掉的发黑钥匙，就是你说谎的证据。蓝胡子的现任妻子千不该万不该打开了这扇门，前任的尸体如同《五个女子和一根绳子》的终局（女子宿命？婚姻真相？）。令人战栗的睡前故事？听了故事你永远别想入睡。睡了也不想再醒来。

（神哪，我掉的其实不是一把又破又烂的斧头，而是一把洗不去血污的脏钥匙，可以换一把新的给我吗？）

之后，我把知道的都告诉警察。真相其实很无聊，不过又是一场家族闹剧，我在无意间签了字，代领了不属于我的东西，根本不知道那里面是什么，话说我们总在莫名其妙、搞不清楚的状况下签了很多字，不是吗？不过银行既然委托警察处理，警员也带着有我签字的签收单，我也有必要解释清楚。

然而这也不重要，故事不该从这边说起。故事要说的是，即使是闹剧，却往往把历史中的众女子逼上圆凳，将头放进宿命圈套，踢掉脚凳，头朝下；或在寒风中脆弱地站上阳台，凄楚地向下望，高处的她虽拥有神一般的视角，在心头徘徊的却始终是女鬼的独白。

还好故事的最后，我寻觅了另一个圆洞，脸被妥善盛在极有弹性的软垫里，粉红无纺布装点着我（盛装头颅的精美的盘子？），好在无人观视。即使被折叠,有时我竟然就那样放松地睡着了。

天光明媚,阳台的左手香送来香气。

我从历史返回室内,焚香,在袅袅香烟中,开始每日的定课。

末日音声

很长一段时间，你说得诵念观世音菩萨才能入睡。夜半醒来，听见细微争执从远方传来，彼时犹在梦中，却总被谩骂、哭泣、吼叫的声音给撼醒。是楼下那对夫妻。这样的争辩你一点都不陌生，你醒来，然后又睡着了。

世间总能制造出喧扰嘈杂的声音。耳语、说教织成音海，缭绕耳畔。自以为幽默的嘲弄、质疑、争辩、道理言说。一张嘴滚出字词，另一张嘴不遑多让，吐出更多道理，慷慨激昂的陈词，从网络从书籍从各式各样的管道中拧出来的专有名词，如暴雨落下。

你听着几张嘴编故事，里头有太多虚无而无法具体掌握的箴言，所谓的真理或真相。多么遗憾，在他们的世界里，真相只有一个，那么多张嘴都在争取真相的发言权。

大多时候，一张嘴正对着你，雨露均沾且不藏私地宣说末日预言，关于饮食，关于生命，关于事业，关于即将败坏的未来、被AI取代的闲置人力，银行倒闭存款蒸发疫病流行众人失业，晦暗不明的未来。"你以为还要很久吗？这一天很快就来。到时候你怎么办？""还会有退休金吗？"起初听闻诸多末日预言，你好担忧，随即又会听到解方，唯一能攀爬的绳索，大浪中的浮木，存活于险道的唯一直路，已在他的掌握和规划中，有远见的人方能在未来立定脚步。

你的担忧，以及无法维持太久的担忧被日常生活持续进行的事物给稀释，最后被琐碎的这些那些冲刷殆尽。无法担忧太久，因为将孩子洗净、送上床和睡前故事、擦身体乳是你的责任，扫去木地板上纠结成团的落发是你的责任，将青江菜红萝卜豆腐切成可入口的形状并放入锅中煮熟是你的责任，你的生活非常现实，现实到必须转账付账签联络簿签收包裹（丈夫又从国外订了诸多书籍，里头写着末日前的方舟计划和财务规划），夜幕降临就是你疲惫至极的时刻，你只想将自己摊成大字躺上床,如同渴望被晾干的抹布。

至于人类该何去何从?如何改善贫穷饥荒和AI取代人力的末日?极端气候、灾难和疫情?你心量太狭顾不及未来,眼前只想将接下来的事情一一做好。

是的,生活中新的担忧总来得迅即猛烈,如同婴孩哭声霸道又专制,要求你全心全意投入,你说声"哎等等我先去帮小孩洗澡哄睡",匆匆搁下贫富不均和众人失业的议题,待你将垃圾袋绑好、毛巾晾干、从洗衣机挖出脱水后的衣物、把洗净犹滴水的碗盘放入烘碗机等杂事依序处理完,回到客厅看见他有时读原文书,有时倚门作沉思貌,如果看你检查手机讯息,他不会忘了提醒你睡前使用手机对睡眠的负面影响,根据科学研究睡眠如何形塑大脑、影响人生,至关重要。

但我还没要睡啊。你继续手边工作。

你应该更早睡一些。说完这句话他就去实践早睡早起。"八点半入睡,四点起床"是他每年的年度目标之一。他会将每日几点入睡几点起床写在日记里，打钩画叉，严格检核。你也想早点入睡，但如果要顾孩子，洗澡刷牙周边加起来就十几件事，等他们好不容易睡着，才贪心地想做点什么让自己开心的事。

有段时间你回娘家跟母亲睡。夜半大叫，母亲将你摇醒又蒙眬睡去，你自知醒前所喊的是什么，有一次是"滚开"。得大吼"滚开"，才能让自己从可怖的梦境中破茧而出，顺利挣扎回到现实，回到这张床的当下。

但清晰又锐利的画面于暗夜播放，梦里有张嘴贴在耳畔开合，吐出箴言真理，声音却都化成指甲刮擦黑板的尖锐，你下意识掩耳脱逃，但那声线简直如魔怪紧追上来，攀上耳际吹出凉飕飕的阴风。那不是外境而是你的心魔，你得化解心魔，重点不是谁说了什么，也不是我说了什么，这是你的心魔。好了，最后都是我的心魔，你想。世界就是心的折射和显现。你要学会克服。好吧，你想该克服的是如何不让这些制式的嘉言语录吞掉你的听觉，啃破你的睡眠。

有阵子你常陷入恍惚，现在到底是醒着还是梦着?究竟为何梦里压迫耳际形成幻听的嗡嗡嗡,和白昼如此类似,从白日飞驰而来的吗?话术辩词像头虱在你的意念中悄悄下蛋,晶亮细微的,不可见,繁殖总在不经意间暴增,携精带卵的意念于梦中孵化,以至于梦里延续现实的话语,仿佛续集,歹戏拖棚却拼命演到最后一刻的烂尾。

当时你以为此生只要让肚皮隆起一次就好了,只要让一个孩子住进汝身就好了,生男孩是最佳选择。虽然表面上你会说现在生女孩比较好,比较贴心,比较怎样怎样,但这样的官腔滥调在夜晚时刻总是折射金属般的冷光,将你的伪善清晰特写,而如雾的冷光中浮出一张张嘴,女性的唇语和密语,那是母亲的、家族女性长辈的、her-story(女人的历史)的话外之音。

浓缩太多复杂情绪和幽微情愫,在家族中被歧视、被边缘化的青春女子,吞下多少血泪和暗语,随便取一滴咒怨的浓缩液放进汪洋,立刻幻化成血海一片,每个字句都如刀山剑林,每个标点都长出獠牙锐齿。

不忍细说或只能含泪戏说的"her-story"中,你在那些口传文本中找出共通点:永不属于自己的鸡蛋鸡腿、代替兄弟受罪、承担的伤,生不出男孩只好连连忍受生产痛与生女后的冷言冷眼。歧异的叙事学长出奇异的结论:生男孩好。

日常话语构成环绕音场,广告一般,暗示一般,吃进你的意识,住进你的思路。你在这样的脉络下充满期待也备受期待,你提早去替孩子买了纱布衣、小袜、小帽,且一概在蓝的粉的中选了蓝——这到底是哪派迂腐的性别色彩学?

你竟一派天真又欢乐地跳进了你过往最不屑的简化分类中。于是当你在妇产科医生暗示下得知是女儿时,竟落泪了,你就承认那样的泪水不是喜悦的,那难道不正是从母辈故事海中取出的一滴泪,血泪史浓缩液?一滴就足以派生无数烦恼、蓄积出一缸缸血泪情仇的故事——正挂在你苍白的脸上,且正莫名其妙地由滴成珠、成串。你惊讶的倒不是不如你愿怀上女儿而非儿子,而是震撼于根深蒂固的反应:原来你那么想要一个儿子？延续香火的老掉牙故事居然在你的眼泪中烽火燎原？你太惊讶你的言不由衷，想想你是怎么嘲笑那些至今仍反复上演的不合时宜。你颤抖着传讯跟妹妹说：是女生。

讯息很快已读，妹妹的回讯温柔，你永远记得那句话如何深度抚慰你，同时清晰照亮你的伪善和歉疚——说说看，你到底为谁歉疚？你是那么努力修改剪裁自己的心意和身体，爬过矛盾的荆棘和困惑的碎玻璃；反复地自我说服和校正才心甘情愿让肚皮隆起——之所以这句话会在记忆中清晰如闪电，是因为其他的话语如同最深浓的黑夜，太强烈的对比。

"没关系，你还年轻，还可以生下一胎，下一胎再拼男生吧。"什么时候她们也带着男性和父亲的口吻说话了？（拜托你永远别用这样的口吻对所有的女儿说话）大富翁游戏的机会和命运，是可以选择的吗？你可以选择掀起来的底牌花色吗？是不是一开始就不该轻易加入牌局？后知后觉的你才知道这是一场玩不起也玩不完的游戏。没有终局，撑到最后的是赢家，往往也是满头灰，形容枯槁，破衣烂衫。你恍惚想起年轻时看的电影《野蛮游戏》，恶兽追、猎人捕、大水淹、猛火烧，啊，你看得心惊胆跳，简直恐怖片。

一个从her-story流淌出来的叙事：一向坚持不婚、只交男友的朋友C，好不容易度过三十二岁，避开逢年过节的追问，双方父母说结了婚怎样随你们。婚礼上请的嘉宾祝贺早生贵子，长辈嘴角上扬，她浅笑做娇羞状，心知这不干我事。婚后三年，夫妻俩还如过去爬山骑车露营好不快活。几次长辈拜访后留下若有似无的暗示：谁家小孩比你们晚婚后来生的小孩好可爱，尔后发现全球证实最有效的怀孕法的书籍，若无其事被留在沙发椅上。又说担心她工作太劳累，要好好补身，留下一包包中药材，拿去问中医师才知是生子偏方。日后又扛来什么暖子宫的科技发热被。C盯着那堆长辈从购物频道订妥直接寄到家里的物什，找到一个关键词：求子得子。

"先生女生好啊。姐姐可以照顾弟弟嘛。"这些安慰听起来都不再单纯。如同后来你一年后意外怀孕，也顺利生下男生。每个见到你的善男子善女人都笑嘻嘻说：老大姐姐，老二弟弟，姐姐可以照顾弟弟，一百分。太好了。

几次听到对方给了加糖加蜜的一百分，内心浮现问号：姐姐和弟弟为什么就是一百分？有人会趁势补充，如果是哥哥和妹妹就是八十分。堆起笑脸，没有继续说下去。你知道他们没有恶意，不过就是习以为常的善意祝福，于是你好像也莫名感到朦胧而模糊的幸福。

但你始终充满困惑，满分的嘉奖立刻将你带回初中教室，不到一百分，少一分打一下的残酷舞台。老师请学生们背对黑板，微微前倾，挥舞着手上的藤条，仿佛斗牛士的激情演出，藤条在空气中摩擦出响亮的咻咻咻，几乎要擦出火光那般准确朝匿名的、复数的屁股击落，在制服裤上弹跳出歪曲的音符，在其他同学烧灼的目光下，很有剧场感。挥之不去的分数和评比横行过惨淡青春，原来成年了也是这样？

你其实想追问：那生两个男生呢？两个女生呢？生一个呢？不生呢？

想到另一个故事。

佩妮和你一样莫名其妙拿到一百分,先女后男。平日住北城,有次带儿子到南城开会,将儿子托给南城的婆婆照顾。会议结束,要去接儿子时,婆婆笑说难得来,好多朋友想看这个白胖小孙子,胖嘟嘟多可爱。佩妮面有难色,解释回程车票已买好,剩一个多钟头,又是婴儿推车又是行李又要换尿布,怕太赶。婆婆说她朋友迫不及待想看白胖娃儿,搭出租车很快,十分钟就到,看一眼就好,不闲聊,人家超想看的。再怎么样,换下一班车也行,没事。无法拒绝,遂莫名拖着行李捧着男婴飞车前往,没想到正逢下班时间,十分钟的路程竟绕了二十多分钟才抵达。

佩妮好焦急,手中的纱布巾被她绞了又绞,下唇也是咬了又咬。好不容易到达,按了几次门铃后,门开了,探出一张慈祥老脸,原来是婆婆朋友的年迈母亲,直说欢迎欢迎进来坐,佩妮急着配合演出,一脚正待跨入,婆婆一手捧娃一手挡她,说"不用不用,我儿媳妇赶车,给你们看一眼就好,你看你看胖嘟嘟好可爱"。慈祥母亲眼睛放光,问男生女生。婆婆说:小男生,但好秀气,是不是很像女生?两人遂啧啧赞叹,佩妮挤出笑。年迈母亲频频回头对一个和婆婆年龄相仿的女人说:来看这小男生,好秀气,像小女生一样。

接下来的声音佩妮永远忘不了——距门口几步之遥,侧身对门的是婆婆口中那位超想看男婴的女友,仿佛有气,正咬牙切齿:就跟她说我急着出门无法看孩子,她就是硬要抱来给我看,是怎样?她到底想怎样?佩妮不敢置信,胸口紧缩,赶忙接过孩子,催促婆婆:真的要走了不然赶不上车。

从青春延续到成年、老年的竞赛。

比分数到拼孙子。佩妮忽然想起对方的子女未娶未嫁,当然无孙子可抱。南城的夏夜理应炎热,但在车上的她感觉寒气从脚底直冲脑门,牙齿都在颤,下意识用哺乳巾裹住婴孩。车厢的冷气总开得这么强吗?

你终于知道为何母亲千方百计喝中药吃偏方求神

拜佛也要怀上男胎。少女时期的她成绩优秀,读了当地最好的女中,放学后帮忙割草喂牛,常拿满分的她在婚后拿了几分?周围的目光和嘴巴都等着隆起的肚皮、掀开的底牌,在命运随机出题的试卷上,她是否曾焦虑拿不到满分?连生两女是否还有及格的可能?没有继续说下去的故事有太多细节被消音,或者说,充满着杂音。

你记得初中时,母亲终于怀上男胎,对少女而言这件事比不上班上男生传纸条给你来得重要,你太年轻,不知道这件事在家族史上被重复演了很多遍,血泪的浓缩液只要1cc进入生命,就如诅咒、流言散开,可能比经期还折磨,那不是"真的超痛的,痛在地上打滚"这种可以说出来的程度,而是最后让你无言以对的艰难,还有漫天笼罩如雾的大规模沉默。

彼时你什么都不知道,青春的你只关心分数、脸上痘痘、班上男同学暧昧的眼神,家人对你的要求也只有分数。至于母亲肚腹为何始终没有顺利大起来,你没有如期迎接所谓的"弟弟",以及那段时间都没回阿嬷家和外婆家,你完全不追问。当然,不会有人告诉你，也没人愿意说下去。

直到很久很久以后，你和妹妹想起这件令父母遗憾的事，无比庆幸也心怀侥幸。家族被宠坏的唯一男丁所能干出来的事，常常超乎想象，历史上已有明载。你听过太多不肖子的故事，但你听得更多的是赌博、欺诈、散尽家财、殴妻揍母的不肖子，在母亲心中还是永远胜过事业稳定、善良贤淑的女儿们。

妹妹在"是女生"后回讯：太棒了。好期待见到她。

后来你得知怀了第二胎，他们说：姐姐带弟弟来了。笑盈盈的眼波是超音波，还是许愿池？一百分还是不及格？当时还无从判定性别，距离医生掀底牌的时刻越近，你明显感受到紧张具现为紧缩的胃和干涩的喉咙。

也是到很后来，学习在婚姻中把自己折叠再折叠，修剪再修剪，从沟通、辩驳到最终保持缄默，你才知晓那伴随远古母系流淌而出的血与泪，除被歧视、被指责的恐惧外，是不是也有更多的担忧：不要女儿受苦。

不要女儿受苦,跟我一样的苦。

历史上的母亲不是女神,她们没有一双超越现世预知未来的慈悲眼目,只能以受限的自身经验想象女儿们的未来,既担心女儿不走上婚姻这条路,又担心女儿走入婚姻这条路,一路跪着爬过来,即便荆棘刺穿她们的膝盖和双手,似乎只能以贫乏想象守护女儿们的未来,难以言诠的经验传承。很难抉择的选择题,最后只能以传统式的消去法胡乱猜题。她们并不知晓可以交白卷,拒绝回答。

生下儿子的那天,你收到家族来的大红包,日后亲戚打金饰庆贺,分送的油饭和红蛋泛着庆典的油光。

从此你就要幸福快乐起来了吗?当时你不知道接下来几乎要了你命的忧郁症,过度叮咛、爱的证明和其他。

彼时你专注凝视提早三周出生的儿子,瘦弱地被白净的大毛巾包妥,像甜点一样被慎重盛装在透明箱里。由软毛巾、垫被、透明箱及下方的四个轮子构成的微型世界,妥善地接住他了。你却还无法从产后的复杂情绪、身体震荡中被顺利接住。

蒙昽睡着,梦见知晓第三胎仍旧是女儿的女友,在丈夫的提议下拿掉孩子。她泪眼婆娑问你:"这样我会幸福吗?"多想留住她,身体都还没长全的无缘女儿。梦见婚礼那天,许多善男善女的善心祝愿:早生贵子啊。梦见母亲在电话中和阿姨们低语,反复诉说不被爱的细节,外婆的爱专属独子,永远要姐妹们收拾烂摊擦擦屁股的哥哥、弟弟们。

你在突如其来的晃动中惊醒,地震。吊灯细微摇摆,儿子仍熟睡。你只想打电话问丈夫,女儿还好吗?今天不能陪女儿睡,她有乖乖入睡吗?此时此刻,你只想紧紧拥抱着她。

水面下

隔着两条水道,看女儿游泳。现在她开始练习仰式了。

今天,教练抽掉她紧抱的浮板,她学习漂浮。仰躺的她在水面上浮沉、歪斜、晃动,小小的鼻尖和戴着淡紫色蛙镜的脸,像精巧的小岛,薄薄切出水面。没一会儿,细微的泡沫花瞬间聚涌。她失去重心,倏地掉下水面,张开的唇也隐没,只剩小小鼻尖。

我的心多跳了一拍。

只见没入蓝色的她试图将自己撑出水面,头颅晃呀晃,水滴沿着微笑绽开的脸颊滑落。还笑得出来代表无恙。她深吸一口气,往后躺,纤细的腿踢呀踢,小小的脸像柠檬派,抖出泛着奶油光的鼻尖,颤颤,平衡。然后,蛙镜、鼻尖稳稳地浮出水面,又随即隐落,表情晃动,小岛晃动。我的心也晃动起来。

教练游到她的身旁，扶住她正逐渐向下倾的腰，平稳身体。教练将手放开的瞬间，她平躺于水面，湛蓝水波切过她躺卧的身体。她终于像悠游羊水般自在了起来。洋流古老，岛屿年轻。

疫情前两年，帮女儿报名暑期密集游泳班，周一到周五，上午九点半到十一点。初次上课，是女儿准备读小学的暑假，我牵着她的手从炎热的户外停车场步入阴凉喧哗的室内，指尖传来她的兴奋。过去的她只在游泳池里，坐进小鸭鸭泳圈，漂浮或戏水，不曾练习憋气、换气，更不懂如何游泳，理所当然上初级班。不过第一天上课，那些初级班中有三分之二的同学，在岸边做完体操，依循教练指示换气、打水后，就鱼贯游出去，轮流更替蛙式、自由式、仰式，完全不是初学者。剩下的三分之一的同学，至少可以闭气潜入水中，双脚勤快踢出水花前进，完全不会闭气的只有女儿，名副其实的初学者。

接近窗台的三个水道通常专属于游泳班，供在泳池外的家属坐在窗台前，就着整扇透明窗玻璃，看自家宝贝游泳。大部分父母或长辈，通常没看多久就习惯低头，潜入手机里那么热那么冷的水域，忘情徜徉，偶尔抬头换气。我也曾像他们一样，坐在这里读书、看文稿，也间歇抬头找我的女儿——这是后来的事，进入中年，诸多人事很快就失去新鲜色泽，注意力分散，记忆剥落。心不在焉又记忆忘失——不过多半时刻，我专注凝望女儿，想好好看看她的模样，将所有的她珍藏于心。

第一堂课，我透过窗玻璃看见排在最末端的她瑟瑟发抖，因为冷，还是害怕？她望向我，求助的眼神。

如斯眼神。

看到童年的自己，钢琴演奏会的舞台上，面向观众僵硬微笑的同时，急急搜索观众席的前排，母亲的脸，当时的我恐怕就露出这般目光。也记得小学高年级时，我代收班费，却在体育课后发现钱全不见时，母亲接到班导打来的电话，匆匆赶来学校，我大抵也用那双眼睛对上母亲的目光。紧张、犯错、不知所措的童年女孩，用那双说不出话但又仿佛什么都说尽的眼，凝望身旁的成年女性。

你希望成熟的她能帮如哑的自己解释，发声。

看着池畔的女儿和仿佛跟在她身后的、童年的我正双双看向我，水溶溶的脸。我离开窗边，快速脱鞋，踏入清洁脚部的浅浅冷水方池，走向在泳池中的教练。经过女儿身边，轻抚她手臂时确实感受到微微颤抖，在那群娴熟于各种泳姿的孩子里，女儿显得过分娇小和脆弱，可能出自对新事物的莫名畏惧又将她缩小了些，她看上去更像在华丽千层派、重起司、提拉米苏等重磅奶油垛旁，扁掉的柠檬派。

我弯下腰跟池里的女教练说女儿完全不会游泳。教练在水声和嬉闹喧哗声间，终于听懂我的意思，露出令人放心的表情："没关系我从头开始教。"轮到女儿时，教练果然示范闭气，捏紧鼻子，沉下去，浮出来，以此姿势于水道中前进。那堂课女儿就学会换气，一周结束前，也像那些孩子排队，鱼贯游出去，约莫是半条人鱼。

三周来，我坐在窗台看女儿持续进步，看小巧的她有时怯怯有时自信游出水道。闭气、踢水、自由式，自由式换气到蛙式，换气再到仰式。她的手脚踢出水花，宛若灿灿白光。蛙镜遮挡了她的脸，但从她的动作，可依稀猜出她对于犯错的挫折感与懊恼。即使隔着窗玻璃，也能感受她尝试新事物的胆怯、紧张、自我说服、模仿、练习、受挫和终于达致的成就感。我的眼神离不开她。

有些家长会到泳池畔咔嚓咔嚓摄下孩子学习的过程和姿态。但如果我也勤恳记录动态，就会忽略那些正在发生的细节，水面上的她，水面下的她。或者说是冰山上的她，以及冰山下大面积的她。

我的眼神离不开她。

当她顺利游完一轮，回到其他孩子后面排队时，她会望向我，给我一朵好美的笑，眼神里的讯息仿佛说：妈妈你看，我做到了。

童年的我也是如此。

成长过程中每前进一小步，便想与父母分享：妈妈看，我做到了。童年的我手捧考卷或画纸，练好钢琴，踩稳舞步，让陌生的英语字汇在舌尖滑溜滚动，仰脸对他们说：看，我做到了。我的成长是台湾才艺班和补习班兴盛起来的时代微缩卷，彼时，必有那么多张稚嫩的小脸仰着,希望能以持续进步讨好集体的父亲和母亲。当然也有许多无此特权的孩子将脸埋入劳动的尘埃及烟硝,以换取一餐饭、一支笔、一双鞋。

无论何者,集体的声音从发黄的历史档案中传出,共振,形成回音:妈妈你看,我做到了。

但,如果做不到呢?

生命中有太多比学会游泳更艰难的事。

在女儿对我灿笑前的几天,我们去买她的泳衣。女儿选了蓝色系,不是颜色的缘故,没人规定小女生一定要穿粉色,她喜欢最重要。不过关于样式,她有自己的主张,她坚持要细条纹,但我怎么看,还是圆点比较顺眼,于是我用温和的语气提醒她:你不是书包选圆点了吗?深蓝色圆点和你书包一样,这很配。侧脸对着我的女儿抚摸泳衣上的条纹:泳衣又不用跟书包一样。

她说的没错,谁的泳衣要搭配书包?换我无话可说,最后带回蓝色条纹泳衣。

尚属温和的购衣日常。

孩子更小时，总常出现比样式更难的选项，也有比选条纹泳衣更顽强的意志时，母女间的对峙便常出现。天真的孩子决意要改变物理定律，像是坚持在机车前手握公仔或画纸，但又不允许飞驰的速度卷走轻量物体；又或坚持要尝试用瑜伽行者的奇妙姿势喝果汁，但又不能接受晃荡的车体让橘红色液体从瓶口飞出，顺势染上她最喜欢的白毛衣。水往高处流，凡坚实必得穿透，想要的东西立刻从天而降，说有光就要有光。孩子的物理学脆弱又霸道。

想来冲突常和选择相关：要不要买，要不要去，要不要玩，彼此都坚持，然坚持到最后，事件早糊成一团。常闻吵架时，谁指着对方大声说：你不要模糊焦点。但我猜想，真正的焦点从不是事件，而是作为家人，你能不能看到我，体会或接纳我的感受。说出口的语言最终都变成乱掉的线团，完全无法具象化水面下和冰山下的浮动和脆弱，"我最讨厌你"可能要表达的其实是"我很无助疲惫"，因此往往不是她哭就是我哭。

哭声刺破虚空，让已达临界的情绪终于滚沸，又有一句话从历史档案中掉出来（我们这一代人再熟悉不过）：不要哭。

有什么好哭的。伴随着恫吓语气。

孩子哭闹令人躁，密闭空间更是如此。安静车厢或餐厅的现代性低调冷光，任何声音都会被无限放大，压低声量是美德，否则立刻招来剑一般的谴责目光。嘘。

珊妮谈起搭飞机的往事，怀中几个月大的女儿可能受不了机舱的压力，止不住啼声，空服人员前来提醒和请求（压低音量），同样焦急但毕竟无可奈何的她连声抱歉（也压低音量），三番两次折腾，终究压力破表，作势要将哭声烫人的奶娃扔给空服人员：我知道她真的好吵，但我真的完全没辙，如果你有办法，你来（无法压低音量）。朋友L也曾两手一摊，细述丈夫工作压力大，回到家无法容忍孩子哭声，只要孩子隐隐哭闹，疲倦的丈夫会突然精神抖擞大骂，用力挥门，气冲冲走出房门。碰。碰。碰（再无法压低音量)。L只要听丈夫将钥匙插入大门旋转,无论正在做什么,下意识随手一丢,慌忙抱起嫩娃闪进卧室,将不容破坏的奢华寂静留给易怒的丈夫。有次儿子撞到嘴角,张着血淌如红花的破唇扬声哭号,她竟不先处理伤口,而是下意识捂住孩子口鼻,朦胧那团啼声的同时也模糊了嘴角绽裂的血花,速度之快、力道之大仿佛矢志消抹婴儿的声音。(请压低音量)

不要哭。不准哭。

如果做不到呢?

哭声,照说是我们来到世上的第一次发声,从逼仄的母体中被挤出来的初啼,在生产现场是值得庆慰的。皱缩成一团,又是黏液又是血垢的小小身躯,却充满电力地用尽力气,号啕大哭。婴孩哭了,医生、母亲、父亲或在场的见证者才笑了。健康洪亮的初声。不哭的孩子令人忧心。

但从生产进入生活,从躺卧到直立,哭声渐渐让人笑不出来。

哭声似乎等同没教养,没自制力,没社会化。(婴儿确实没有自制力,他们连屎尿都无法控制。)至于教养,要内心如同我们一样腌臜的孩子不要哭,想来究竟是何种教养?

我想到曾为了让婴儿期爱哭、童年期是超级大声公(大喇叭)的儿子在高铁上安静,最常使出的绝招就是让他吸奶吸到睡着,这是育婴指南叮咛最致命的育儿方法头几名,却是能让我和其他乘客充分沉浸在文明规约的不得不然,为了自己的颜面和乘客们的心理卫生,往往使出必要之恶,即使他都长牙了我还是忍痛让他含乳。当他看似睡着,我轻轻抽身而被他察觉,又咬得更急更紧。幸而我通常是桃园、台中往返,如果是台北、高雄来回,伤势恐怕不浅。

曾在高铁站看过一出家庭(悲)剧,一名约莫幼儿园大的男童在大厅鼠窜,挺有威严的阿嬷喘吁吁追上他后,钳住男孩的双臂,对身旁的年轻女子大吼:给我打。只见那位年轻又疲倦的女人(男童母亲?)无表情地——冷血?无情?还是无法改变家族习惯的她也放弃了?——利落地甩给男童清脆的两巴掌。啪。啪。女人没有虚应故事,那两巴掌结实到令我发怔，旁人也惊讶觑着。阿嬷看来似乎挺满意：看你以后还敢不敢。男童在公共场合被揍不令我意外，但真正让我不安的是接下来的画面：我以为男童会大哭，但没有。

他就在那儿，像静物杵在人来人往的步伐和视线中，手臂被反折，承受女人有力的掌心，似乎早就习惯了。

（不要哭。真的做得到？）

打完之后确实静了一会儿，直到弹跳上手扶电梯又嘻嘻哈哈。

（不要跳。如果做不到呢？）

男童没哭，我却在疾驰的车厢里，望着漆黑的夜哭了。那时背包里的书是多丽丝·莱辛的《第五个孩子》，我也才知道，那些从来就不是小说，不是虚构的事。

哭过之后，只要能顺利爬过自尊和傲慢的丘壑，度过最耗时费力的自我辩解，暂时抛下名之为母亲的硬壳、成人的胄甲，我会去拥抱孩子。如果我能说出他们的委屈,他们的呜咽会突然拔高几个音阶,又爆哭起来。应该是被理解的泪水,因为声量会渐渐转弱。

跟她道歉:对不起妈妈实在太累了,身体好不舒服,刚刚太激动没有注意到你的感受。尚未读幼儿园的她似懂非懂,但到了五六岁,也可以静静来到身边,主动将温暖小手覆盖在我的手上,嗓音甜丝丝:妈妈没关系。妈妈对不起。

来到彼此拥抱、真诚对视的最后一里路,要花上好多时间。

作为一位母亲,如果不选择"好了你无理取闹我不睬你",也不以打骂碎念控制管束,那么她所碰上的难题不但超乎想象,要处理的委屈恐怕也成倍增长(里头还有自己的情绪杂芜)。如果长辈在旁,复杂度往往更高,不是说"不要哭",就是赶紧往他们嘴里塞食物或奶嘴,孩子扭动乱跑却又忙不迭威吓甚至出手,如果想静静耐心等待哭泣的云朵飘去,接纳他表达情绪的自由时,就会被贴上"怎么都不教小孩?""不教(打骂与说教?)以后他长大很难控制"

的标签。

我无话可说,坦白说我也不那么熬得住孩子的哭闹,但也练习克制脾气,尽可能耐心走过他们哭泣、踢东西等情绪,但我宁愿默默收下一张张"就是不会教小孩,太宠他们"的标签,有时得背对着理所当然、渴求速成的长辈式教养,忍耐羞辱或谴责,争取时间让孩子们认识自己的负面情绪,看看内心涌动出多少黑色河流,在高大浓密的黑森林里,试着踏出一条日光照得到的路径。

当然很多时候,我也有黑色急流,站在情绪泛滥——他们说这个叫作歇斯底里——的洪流,挟带的力量翻出了水面下如陈年垃圾的情绪史,恐怕得追溯到羊水时代的复杂经验让我也倾斜了起来。

想起女儿在晃荡水面间试图平衡的模样。失败了再尝试,再练习。

我愿意看一看水面下、冰山下可能的百种神秘感受。然后渐渐知晓如何面对并拿捏与孩子间的碰撞。

不急着先去遏止他们的哭声,如果自己已置身洪流,也只是将更多脏水泼到对方心上而已。再说哭泣没有不好,泪水常温柔地带走好多体内高压和困惑,粗粝的尘沙顺着水流而去,该有多美。我来到浴室,如果刚好要洗澡,不如就将莲蓬头开到最大,让笔直而坚毅的细细水柱抹去脸上的泪,通过悲伤河流,彼时我会看到小小的自己,女童时期的自己,好多时刻受委屈的自己,就在那黑暗的流道中沉浮。

我想,为何成人会被孩子的哭泣声给惹毛,发怒、焦躁而想制止?

孩子的哭泣在我心上擦出灿烂火花,事件似乎再也不重要,事件轮廓淡化,感受却无比真实,我倒退回那些从不知如何当母亲的女人,哭声像黑水倒出,从头到脚,感受刺痛与愤怒。倘若持续站在氤氲水柱下一会儿,旁观那个哭喊出声、肩头抖动的所谓失控的、激动的、歇斯底里的母亲——"她"——时,以及从不同时空掉出来的、用哭声挑战我震撼我的孩子们时,我发现压抑并涌动在水面下的情绪:酸酸的,暖暖的,糊糊的,一丝丝的,羡慕。

羡慕?

羡慕孩子们可以无所谓地大哭,以及大人定义的大闹。

所谓孩子不听话、成人不教导的空隙之间,有双愿意停下来的手,困惑但谦卑的眼,愿意倾听的耳,还有最难的是察觉并愿意抵抗从上一代流淌出来的惯习——那从生存荒地一路被承袭、模仿的惯习,在许多孩子的脸上、掌心和心上铭刻了羞耻的勋章。对峙的时刻,不会再有双手反在背后,无可奈何的脸,承接一次又一次响亮的肢体或语言暴力(是谁该降低音量?),不会有"不要哭,哭这么大声会吵到别人"的烦躁。

我学习陪伴并等待那么黑的乌云静静移开,那么黑的水悄悄流入下水道。

看,我做到了。

望向许多个我,孤立在情绪风暴的历史儿童们,对他们说:看,这次我做到了。

后来我和女儿一起游。

我在她旁边两条水道,尽量不那么热切地找寻她。我知道持续学新泳式的她仍会遇到难题,但我相信她,也愿意给她琢磨、练习甚至放弃与哭泣的机会。戴上蛙镜,深呼吸,我从眼前的水道滑出去。我也有我的难题。我愿意重新学习她的学习。

课后,我们会继续游一阵子,直到饿得受不了。

我们游仰式,从躺卧的角度仰望游泳池的弧形屋顶,正午的阳光就在屋外徘徊,有时过于耀眼。

我们闭气沉入水中。

她扭动身体,她挤眉弄眼。

我们笑了,水中的笑声朦胧,好像被典藏一般。

水面下的她还是那么美。

我的小小柠檬派。

躺地上

· 1 ·

不要躺地上。

我说,不要躺地上。

不,要,躺,地,上。

要讲几遍:不要躺地上。

儿子仍躺地上,似乎要你给他一个答案。此刻,对情绪高涨的他来说,所有答案都显得太过单薄,没说服力:地板很脏,晚上有蟑螂爬,地板怎样怎样。事后,若我意识到又端出"母亲"的脸孔,过分流露"母亲"的担忧和烦躁时,就来练习换位思考,猜猜孩子的思路:地板怎样怎样会怎样?

地板脏又怎样?我的内心不也正乌糟糟?

脏垢之地不正好能接纳伤心又漆黑的我的心?

到底是地板脏重要,还是此刻被世俗尘埃层层裹住的我的受损心重要?

艰难的问题。更难的是总要在几秒钟内做抉择,给答案。于是干脆什么都不讨论,直接说"不要躺地上",本能的解决方法。

躺地上之前,也有正在变黑变硬的心。对母亲和孩子都是,情绪快崩盘的时刻。

地板脏容易看见,心的污垢不可见。再说地上真的脏?玩具卖场洁亮的地砖恐怕比我家马桶干净。青青草地的泥土是否较化学洗洁剂更干净?即使那些有形物确实脏,却也容易清洗,心的污垢反能藏得更深,也更久。洁与不洁,相对的命题,可见不可见,也被障蔽的心与眼层层遮盖。

卖场的地板不时躺着大哭又踢腿的孩子,身旁直立的女人不耐大吼:"就算你躺地上大哭我也不买给你好吗!"有的女人干脆走掉,状似疾行,实则等待躺地上的小兽缓缓爬起,跌跌撞撞追上刻意放慢行走速度的女人。那些问题、抉择、难点同时浮现眼前。我坦承无法回答。

外面的地板可能不洁。

如果在家,为何不能躺地上?哭泣不能躺地上?生气不能躺地上?何时适合躺地上?用孩子的角度自问。

· 2 ·

死的时候可以躺地上。

摊尸的时候就躺地上。

如同此刻,我正躺地上。

摊尸式,瑜伽最终的大休息。闭眼,摊开四肢。

多年前上瑜伽课,最喜欢这最后一里路,有时身旁传来轻微鼾声——有人居然睡着了。我不曾在大休息中睡着,也许我太努力放松,试图松开右手、右脚、左手、左脚,以及身体的每一个部位,听来有些矛盾,努力如何放松?放松于我确实不是件容易的事,因为大多时候习惯上紧发条,童年那句"不要输在起跑点上"的规训如针剂注入我辈中人。成长,意味着锻炼好每一束肌肉,管训好每一寸意志,说服自己朝向没有意义、不知所以然的目标盲目冲刺,这些隐形的奋发图强刺青般吃进皮肤和血脉里,成为一个突起,一个尖刺,一个令人日夜不安的暗影。

即使身体看似躺平,多半时候,仍妄念纷飞。后来才知道摊尸式看似简单,比起将自己折来拗去,躺地上还不容易吗?但这其实是最难的一式,听闻摊尸是全身放松,但需保持清醒,我想起过去的瑜伽老师在学员躺平时,会轻声唱名身体各部位,从头到脚,要我们感受那里的状态,依序进行,再移向另一处。静躺半晌,又从脚到头,温柔唤醒它们。上过的禅修课也是,导师请我们专注观察,从出入息再到身体各部位,热、冷、麻、酸、痒或全然空白,以清晰的意识巡礼一遍,不批判,不耽溺,只是知道,只要感受。

直到现在,我还在练习全然的放松。

· 3 ·

不仅伤心、生气、受挫、要大人买东西时躺地上，没有负面情绪和要求时，儿子也躺地上，尤其出门前最为恼人。

曾有段时间，最困难的事莫过于把两个孩子送去上学。总在一脚跨出门的时刻，儿子突然要大便或袜子少一只，即使刚刚穿妥两只袜子，出门前就是会有一只淘气地躲了起来。好不容易踏出门，搭电梯到一楼（有时竟然就在电梯里帮他们穿鞋刷牙），一个说没带水壶，另一个居然穿拖鞋，或是没带碗没带什么。他们永远老神在在，还有余裕互戳，往往更令我血压攀升。

若赶着出门，躺地上的孩子更容易令我浮躁起来。

对年幼的孩子而言，时间约莫是像天光、云霞那般慷慨无私的存在，他们不知道为什么要费心赶赴下一个所在，甚至不知道下一个地方是什么。《环保一年不会死》的作者柯林·贝文想带女儿去公园玩沙，但路程中，女儿偏偏被人行道上消防栓的链子给迷住了，她蹲下去拨动它，静静注视它左右摇摆、晃荡，直到停止，才愿意起身继续走。遇到下一个消防栓，女儿又蹲下来玩链子，戳弄它，摇动它，观察它，等待它停止，乐此不疲。柯林·贝文急着带女儿去公园，正当他不耐到快要发飙时突然意识到，女儿其实不用去公园玩沙，光戳链子就让此刻的她如此满足，反倒身为父亲，他只在意最终目的，忘了过程就是目的。

蕾拉·斯利玛尼的《温柔之歌》中，当母亲为了让保姆代替自己出席家长日而道歉时，女老师说："这真是世纪之恶。"并提醒她："您知不知道父母对孩子最常说的一句话是什么？是'快一点'。"当我看到"快一点"时，心抽了一下，因为曾那么不喜欢听母亲催我快一点，现在却常对孩子说"快一点"，也常听到长辈催孩子"快一点"。

有次聚餐，其中一位年纪也老大不小的男子，注视着密密麻麻的菜单一会儿，拿不定主意要吃什么，立刻被他的母亲催促：快一点快一点。餐点才上桌，吃了两口，咀嚼，耳边又响起母亲的"快一点"，速速吃完正餐，待饮品甜点上桌，又得快一点，弄得旁人也跟着紧张。没有明显可见的行动，一个接着一个,往结束的方向确实而有效地移动,似乎就是没效率和浪费时间?

躺地上看来正是浪费时间中的极致。什么都不做,什么也做不了,无法推展到下个步骤,往结局前进一格,还挡住他人向前走的步履,真是大型废品。停格的、中断的、散漫的象征。你心里上火,他云淡风轻,看着天花板仿佛仰望星空。躺地上的即兴与革命,或许对抗的正是"快一点"这类成人式的莫名急躁,紧凑的行程、浓密的活动最终被包装成充实假期,成为理想家庭的理想假日方案,难怪成人得时时带着孩子奔赴一处又一处,最后又累得只想躺地上。周间亦然,洗澡吃饭做功课扔上床,无缝接轨,如此日子才能过得平整,不起毛边?

某天,躺地上的儿子突然起身,摸出一只尘絮覆盖的耳机给我,我惊叫一声:正是半年前遍寻不着的耳机。

哪里找到的?

在你床下找到的。

滚动如石的儿子最爱平躺、趴卧、跪地,蛇来猫去,如此方在我的床底发现不明物体,伸手或拿长伞钩出来,是耳机。每隔一段时间,他就会在书柜、鞋柜、纸箱还是什么家具底端(有时干脆整个人滑进间隙),满头尘埃,摸出我找了许久的失物。

耳机跟你玩躲猫猫,好调皮。儿子说。

儿子躺地上,我俩竟也因此寻回了以为丢失的物事。

· 4 ·

躺地上提供了不同的视角,有别于站立与安坐的水平视线。

疫情期间,我每日在家,跟着Mady Morrison(麦迪·莫里森,德国网红瑜伽教练)在线运动、伸展、瑜伽,最爱的还是几个躺地板的动作。平躺,曲右膝,将之缓缓倒放于左侧,贴地,尽量维持上半身不随之偏移。除了感受身体,我也从这个角度看天花板,前屋主在那儿留下浮雕般的装饰,海浪、花叶还是几何图案,在天花板的顶端凝结,看着那一方规律的浮动，有时也莫名平静下来。

躺着看到书柜上方堆积着文件，一旁的狭小空间也塞了纸张若干，那是什么呢？环视静止的家，很少被专注凝视的家屋细节，此刻如同被欣赏的静物，以美好的收敛回望着自己。仿佛为了报答我献出兽类最脆弱的肚腩，静物们缓缓改变姿态，从静物幻成动物，从固态流成液体，即便小尘埃围绕，都觉得那灰阶与浓黑好像怀藏了一个说话的欲望，接着便悄悄一张、一缩其孔窍，摆动细小纤毛，向我敞开。

长久注视着吃了好多灰的灯罩，层架上蒙了几许尘的饰品，心想：哪来这么多细细尘土？时间、岁月、历史在可见之物上累积厚厚尘埃，于是终得时时勤拂拭？直立、跪下、弯腰、侧身，诸多劳动的目的是清洁和擦拭，要活就要动，不动惹尘埃。因为躺地上，才知道不该恒常躺地上的哲理？再来是趴伏，瞥见桌椅脚，所有物件的根基处，最不起眼也不曾仔细留意的地方，看到我们的鞋底形状，推敲大家走路的姿态。

躺地上观察习以为常之物，却迎来莫名的天开地阔,乍然的清明时刻。真是本来无一物,何处惹尘埃。

· 5 ·

不做瑜伽的时候,我其实也有几次躺地上。

印象最深刻的是某年六月。学期结束前,参加了一场心灵研习,活动过程却发生意想不到之事,一名参与者当众说我"假掰",还有种种令我讶异的说辞。我哭得好惨,心情跌落谷底。回到家前还试图平静安抚自己,在电梯里补妆,对镜挤出笑容,跟自己说:一切都好。虽然研习结束后我不自觉颤抖,即使到家门前仍无法控制,但我得停止颤抖。记住,微笑,说服自己:一切都好。(也许那名男子说得没错,我真的很假掰。)

结果进门又得知噩耗。

丈夫出国,我将两个孩子临时托人照顾,也说好隔天我上课时帮我带儿子,但临时发生插曲,那人直说得赶回家。我焦急问:"我明天上课,怎么办?儿子托给谁?"对方说:"我们也想帮忙,但爱莫能助,你问问看还有谁可以帮忙。"说完就仿佛脚踩风火轮疾驰而去,留下一脸错愕又不禁发抖的我。

当时已超过晚间九点,我应该立刻搜寻手机联络簿,硬着头皮传讯息或打电话找人协助。或应该打起精神,先带两个孩子洗澡,让他们睡着再说;还是应该请人临时代课?应该收妥情绪。应该深呼吸。应该应该应该。

但当天仿佛被剥了一层皮的我无力想到诸多合理的应该。沮丧和无助在体内撞击,我努力在假掰和袒露间冲撞,努力克制不要对自己出拳或抓头发。两个幼龄孩子在旁,假掰才能支撑起一个母亲"应该"有的状态。挣扎的结果尚属温和,我跟孩子说妈妈真的好累好累,于是我在泪眼和意识皆模糊的状态下倒地,躺地上。

没吃饭,没卸妆,没洗澡,没换衣服,我就这么躺地上。

没多久,女儿拿来整包卫生纸,抽一张帮我擦眼泪。过了一会儿,儿子则突然将灯切成一盏小灯泡,仿佛小夜灯，然后他也躺在我身边，一手抱着我说"妈妈别哭"。

妈妈别哭。我先是放声大哭，过了一会儿，竟笑了出来。

不知所以然的孩子也笑了出来。那段时间，儿子最常对我说：妈妈笑笑。他还画了一本小绘本，书名是"月亮笑笑"。他念给我听，他说"月亮笑笑，妈妈也要笑笑"，听完我却哭了。

女儿随即躺在我的另一侧。

六月晚风从落地窗间歇吹来，母子三人就躺地上，我一手环抱一个，抚摸他们细软的发，酸酸甜甜从内心扩散。直到觉得凉，孩子几乎睡着，我才起身将他们抱上床，心想：大不了送女儿去幼儿园后，带儿子去上这学期最后一堂课，应该可以。（隔天儿子状似乖巧坐在我身边，忍到最后，终于拿麦克风学我讲话，随意宣布下课，台下同学笑成一团，欢乐结束这堂"生活美学"的通识课。）

躺地上，给了我直立与前行的勇气，无论烈日，无论暴雨。

辑 三

假 日 游 戏

阅读雅斯贝斯和仕女杂志。
不知道这螺丝是做什么用的,却打算筑一座桥。
年轻,年轻如昔,永远年轻如昔。
她手里握着断了一只翅膀的麻雀,
为长期远程的旅行积攒的私房钱,
一把切肉刀,糊状药膏,一口伏特加酒。

——辛波斯卡《一个女人的画像》

假日游戏

是日,当我们步行于绿园道上,一阵风将大叶桃花心木的叶片,纷纷卷落,于是人行道上及其间行走的人们,及他们的发际和眉间,都留下了叶片奔坠的轨迹。

我和女儿捡拾起叶片,不想错过三月中旬,时间、光影和温度铭记在上头的春日讯息。像读取远古记忆般,女儿凑近叶面嗅闻,深深吸了一口气。

我笑了,面对蜂拥而至的物事,我们的反射动作就是,闻。

即使桃花心木的叶片美丽如斯,褐色的、红色的、黄色的、绿色的或数种颜色交杂;又即使干枯的落叶踩起来的声响动听,我们最直觉也最喜欢的,还是闻。

会是从小自中药铺长大所培养出来的刁钻鼻子的

缘故吗？小时候的我喜欢探寻一格格药柜抽屉，各色中药的气味宛若淡蓝色的雾，轻轻浮在空中：黄连、枸杞、川芎、当归……这些药草香气沾上衣襟犹如夜露，神秘记号，随我入眠。

成长过程中的嗅觉经验，在我怀孕时扩张到极致，所有器物仿佛消隐了轮廓、漂淡了色泽，唯独气味强烈地彰显其存在。产下孩子后，灵敏嗅觉似乎被夺去了几分，但彼时最张扬也最难以忽略的就是母乳了，我和孩子躺卧的床皆沾上了这样的气味，包括枕头、毛巾、棉被、我的睡衣，甚至像是闹钟、窗帘、桌灯，一切的一切都被乳汁味全面统治，淡淡香气如影随形。记得刚坐完月子，我和朋友吃饭，并肩行走时，她说：天啊，你全身奶味，靠近的人一定都知道你刚生完小孩。

不知自己带着高浓度的气味分子行走，倒是从孩子唇边、脸颊、发际闻到，不纯然是奶味，还混合着痱子粉和柚子皂的香，搭配清澈眼瞳和轻浅微笑，实在会难以抗拒地捧着、抚着，恬然而安心的香气，催眠而昏倦的气味。甚至我曾在育婴手札上写下这样的句子:"连孩子拉稀的粪便都带着仿佛烧炙的稻草般的、天然的气味。"大抵是身为一个母亲的痴心吧。

属于原始而天然的气味,曾像光晕包裹每一对母子,似神眷顾,大约过了一岁,断奶之后,特殊的气味渐渐从孩子身上消退,像是独立盟约:从今而后,我要自己决定眼前的路,甚至是身体的味道。于是乎,母亲开始这一生注定失败的赛跑,孩子兴奋地跑在前,她在后头追赶,多少次幸而在孩子冲向路衢前拦下他,上气不接下气。再下来,孩子就注定继续跑向马路的那一端,离开她的视线,到那里的公园、学校、饮料店,甚至是另一座城,复杂的气味注记了他的新身份。现在,孩子不至于跑得太远,他们还愿意让我牵着手,以眼耳鼻舌身去理解这座城。

城里的公园是座美妙的气味场,假日时分,我们最常待的地方。不像百货公司和大卖场里鲜亮而局促的物品,一个挨着一个,簇拥出塑料或清洁剂的人工味道,那些积木、玩偶和文具看来多么精美,但总令我喷嚏连连。于是我们去公园,依不同时节递嬗,采集榉木、台湾栾树、樟树、大叶榄仁的落叶,凝望枝头蹿出的翠绿苗芽，即便只是安静缓步于绿荫下，都是美好的游戏。女儿拾起几片叶子，森林色调，中间却像草间弥生的画笔，迤洒斑斑点点赭红，她仰头问我："妈妈，你看，这是什么呀？"

"这是樟树。"

"好香。"女儿凑近叶片。

"想来摸一摸树皮吗？"

女儿点点头，幼嫩的手在树皮上游走。

有回我和女儿在她的校园散步。一整排雨树的落叶在阳光注目下随风翻飞，好似金黄雨滴。边散步边踢满地厚厚一层雨树叶片，沙沙作响，视觉、听觉和触觉的满足。风来了，追赶叶片，片片绿意向前奔跑。那一个小时，我们捧起大把大把叶片，撒向空中，看它们跳跃、飞扬又参差坠落，光这样就心满意足。

大自然永远是最佳的游戏场，Richard Louv（理查德·洛夫）在《林间最后的小孩》中写道："自然是带有缺憾的完美，它充满了'活动的零件'和可能性，充满了泥土和灰尘，荨麻和天空，超验的生动时刻，和擦破了皮的膝盖。"

厨房是另一个充满活动零件的游戏场。

对我而言，做菜是整理奔腾续流的最佳时刻，已成惯习，不假思索的洗、切、炒等流利动作中，却让渡一片思维穿梭的空间，让我和自己独处。暂时松一口气的假日，宜树下散步，捧落叶于掌心，亦宜居家料理，抚食材于指尖。倘若此刻阳光透过玻璃窗扇，以其琉璃色泽铺展于流理台之际，窗边鎏以自然光线的菜蔬如同静物，绿的更加天真，红的更加无邪。灶神曰：下厨大吉。

假日宜梳理一周积累下来的情绪。

当高丽菜被一叶叶剥下，筊白笋的外皮也被层层剔除，阴郁似乎一并消除，深度疲惫仿佛依附在红萝卜外皮，随着削去而渐次舒缓。这是整个下厨过程中我最喜欢的部分：削皮切菜，将洗净的或去皮的菜蔬切成丁，碎成末，不同色泽和大小的食材各放入不同容器，像梳理混乱的情绪，将之裂成小小分子，填装进不同的感知系统。特别喜欢切青江菜头，细切下来的内里绽出玫瑰花瓣的肌理，疗愈极品，凝视，舍不得丢弃。

现在，菜蔬全都赤裸了，遮蔽的全都献出核心。此时食材最宜盛在乳白色浅碟里，堆成小小垛儿，像艺术品般曝在眼底，胶着或焦灼的一切似乎也该到了尽头。那里，有白雪般的初心。

以前觉得厨房是战场，锋利器械和大型锅具隐含杀机，又油又热的现场点燃体内炽烈火气，扬出高分贝的咒骂，索性抽油烟机轰隆隆的狮子吼，大雄大力，夺走愤怒的声线。渐渐地，我喜欢借由假日烹饪，思考这周发生的事，切菜、分类、按食材特性依序下锅，让失序的诸种物事重返可被组织的过程，尔后凝视锅中物的变幻：大的变小，浅的变深，硬的软化，干的湿透，尖锐逐渐圆融，稀薄终成浓稠，冰冷的就要沸腾。那些阳光镀金下的蔬果静物，各自以变幻后的色泽、体积和材质于炉火锅鼎间相拥缠绵。啊，究竟是烹饪之理还是婚姻之道？当盘内装盛着元气饱满且热气蒸腾的饭面时，生活中的低氧暂时解除。

如同落叶带来惊奇，蔬果也如乐高积木，充满多种可能，绝佳的玩具。

姐弟俩还小时，每当我独自顾姐姐，来不及哄弟弟而他大哭时，只要丢一包尚未剥壳除须的玉米笋，他就立刻安静下来。看他专注地手眼并用，剥啊抠啊握啊拔的，薄外皮上的细致纹理和流苏一般的褐色毛须，依序拂过他的掌心，想必是欢悦的麻痒，有时为了去除粘在衣裤上的毛须而在地上滚爬时（烹饪课兼感统课程？），我又多争取了足以帮姐姐吹干头发的时间。

孩子长大，我们一起进厨房，姐弟俩轮流站上小板凳洗菜。无论是将金针菇剥成束、搓洗丰腴的木耳，还是涤净黑叶白菜内的泥垢，都在水下、盆里堆成有趣的题目，供我们反复练习。再大一些，他们也想尝试炒作，和我一样，孩子们喜欢爆香菇、煎马铃薯片、烹煮咖喱，深奥的物理学。我们喜欢蕈菇在油锅里迸散的芳香，翻炒的芥蓝香滑进鼻腔，横切的马铃薯边缘微焦，烧炙味占据厨房。滋滋滋、啵啵啵的油声伴奏挺好，哗哗哗的水声也动听，在色香流泻的烹饪场里，他们观察何时该放何种食材，何时大火何时又转为文火（火候永远是重点所在，哲理充满，足以作为情感教育的延伸阅读），何时添水又何时该静静等待时间收汁，盖上锅盖的同时，从容洗净方才盛装食材的容器、砧板和刀具，擦干刀具，使其干爽——据说这是日本寺院大寮收拾的重要程序，清洁后的刀具干燥，是修行的一部分，也是美德训练——如果顺利，食材依序起锅上桌，洗碗槽也已没有堆积的空碗碟。我练了一段时间终能娴熟处理，也将这一切教给孩子。

厨房充满诸多不可名状的美好：茴香饺子、麻油猴头菇、清炒豆苗、黑糖地瓜汤，玫瑰盐、橄榄油、亚麻籽油，芝麻、藜麦或者红曲……光念诵其名，有如捧读诗集。尔后蔬菜与调味共舞出迷人香气，不是一个概括模糊的气味，而是由有名字、有姿态的蔬果及种子贡献其精华而成。气味分子跃上了我们的掌纹、发丝、衣裳，约莫也是多感共融的欢欣时刻。于是他们几乎不曾浪费食物，尤其和我一起煮食之后。

即便邀孩子一同下厨所费时间较长，我仍喜欢让他们参与，不仅是真实的感知、全面的体验——较诸标榜触感、嗅觉的孩童玩具书，让孩子从书上摸到毛、闻到柠檬、按下按钮便有声音传来——更能让他们了解从厨房到餐桌的历程，甚至有几回孩子从学校带回他们自己种的地瓜叶、玉米，从抚触、嗅闻（包含了整个土地的气味，如此清甜）到咀嚼，最终成为身体的一部分。

有些辛香味在餐后仍顽固地留驻指尖，即使肥皂也无法驱散，反倒成为我和孩子的即兴游戏。儿子捧着我的手，凑近指尖，深深吸一口气，大力嗅闻："是什么？"

"咖喱汤里的一味，你猜。"

儿子偏头想，乱猜一气。

不是马铃薯，不是红萝卜，也不是杏鲍菇噢。

刚煎完马铃薯片就去玩玩具车的他，没有留意我和姐姐合煮咖喱的过程。

"给提示？"

"有人切了会流眼泪的。"

"这个人切了什么,为什么这么伤心?"

"人哪,开心的时候也会流眼泪的。"我边解释边燃了水沉,"就像妈妈开心、感动的时候也会哭,不是吗?"线香供上佛龛,双手合十。随即想了想,我似乎越扯越远,给了无关紧要的提示。儿子继续抓头猜度,菩萨垂目浅笑。

现在,指尖除了萦绕不去的洋葱味儿,又多了一帖安然的气味。

之 间

如果雨，如果风，如果日光明晰，我也待在家。进行另一种假日游戏：整理与告别。

想到断舍离，就不免想及堆积如山的物什，正以须弥山的体积与吨位中断日常。清下去一天就没了，假日如斯美好，适合郊游踏青，买回可口诱人的纪念品，或去百货公司逛逛，搬回周年庆满千送百的好物。舍弃执念，精神相通于修行，看来不适合假日，比较适合清明：雨纷纷，青灯相伴，敛目于庄严大佛前，烧去所有物件，炼成舍利。

因此山下英子建议从小入手，不要想一下子清空整座房。对初学者而言，可从不拿免费赠品起步，然后从整理简单的东西如钱包甚至电脑桌面（过去很喜欢什么档案全都先下载到桌面再说），渐次像桌面、衣柜，进而是充满情感记忆的抽屉，最终达致身边围绕的全是宝爱物品的理想空间。将情感之物放在最后，也是近藤麻理惠在《怦然心动的人生整理魔法》中的建议，清理物什已劳心伤神，尤其"像空的宝特瓶不易回收消灭困难"之感情物件，难度更高。

大概，我是需要空间才有余裕思考的人，恐怕也是处女座的洁癖。书柜、衣柜、抽屉都习惯留一小格，方寸也好，放空的目光足以安栖，腌臜的魂魄得以超度。

回娘家小住，求学时代的信件讲义小饰品仍躲在抽屉柜子中，遂感旧日幽灵缠祟，胸闷心悸，后来每次回家必清理物件，从三小时仍无法对付一个抽屉——泛黄的昔日光泽犹存，我身处杂物围绕之小丘，宛若跌坐于彼时欢快、哀愁的时光旷野——到可明快判断留或不留，撕毁迹影疏淡的机票、车票、相片，过往风景如临终人生回顾一幕幕放映，几多贪爱几滴眼泪是快速移动、后退的路树房舍，我则是不断向前再向前的高速列车，最晕眩又虚幻的时刻，看到执爱甚深的曾经终化为时间灰烬，如阳焰，如寻香城，爱别离的劳动，隐含珍惜的古老启示。

某年年节期间，下定决心清理大学时代的文件。首先是写给初恋男友的情书。彼时我们交往六年，爱写的我从大一一路写到硕士班，包含他去当兵时写的书信，都收在三个厚厚的档案匣中，应该是分手时他归还我的。不同的信纸花样、贴纸、涂鸦，记忆了时间多又爱做梦的少女时代，仿佛看见当年的我简直以写穿岁月的毅力埋头猛写。春花秋月怎能了？没有莫名感伤和故作老成是否就是失格的中文系？（当时幼稚浅薄的我就是这么想的）于是那些夸大的撕心裂肺，被我在信纸中反复练习，华丽绝美的修辞亦要勤恳锻炼。那日随意浏览，简直就是情感命题的作文嘛，起承转合，引经据典，啧啧啧，没读几行就吐舌翻眼，仿佛写坏的惊悚小说，但这恐怕也是我写作的母土。当时这堆陈言旧辞已非感情物件，轻松就能撕成雪片，女儿见状，问我做什么，我说：妈妈在处理过去。看我坐在纸片中，好似游乐场所中的伪冰山雪地，才认得几个字的女儿央求加入，随我一同撕，最后装满两个超大垃圾袋。理想的年节，永不嫌迟的大扫除。

隔天却发生了一件事。

儿子方领到的压岁钱不见了。他将崭新的纸钞全集中在一纸印有闪电麦昆的红包袋里,独立宣言:妈妈我长大了,要练习自己保管,不让你收。隔几天回到台中,发现红包袋不翼而飞,问他,他说:喔我记得……我记得……咦到底放在哪里呢?啊我不记得了……哇……顿成泪人儿,再问不出个所以然。翻遍行李箱仍无所获,去电请母亲协助寻找,但母亲去拜访朋友了,只有父亲在家。父亲找遍了卧房的抽屉、床底、桌底和所有儿子可能窝藏的角落,问:"会被当成垃圾处理掉否?"啊,垃圾是吗?很像他的性格,好在年节没收垃圾,我暗暗叫太好了,回说:"厕所门口有两大袋垃圾,你帮我翻翻看。"挂上电话才猛然想起,那里头不是塞满了撕毁的情书碎片?结果父亲得被迫去泛黄的情感废弃物之间掏抓,辨识闪电麦昆的淘气身影。父女俩应都无言以对。

只能装没事。半小时后父亲回电:没找到。

最难的还是书的舍离,即便定下"这本书再翻阅的概率若不大"等原则,面对某些书总不免自我说服:"这很适合在旅途上重读喔""这本这么薄其实也不占空间""这本已经绝版了""这本适合在旅馆边跷着腿边喝雪碧吃洋芋片边看"……经过几次搬家,书渐能顺利脱手,除了师友相赠、自己宝爱的书籍安放于柜上,不少书或卖或转送,送书去旅行,结识更多年轻与苍老的目光。

影集中,当麻理惠邀请屋主将衣服从各处取出,堆高,屋主(尤其是女人)总露出不可置信或为难的神色。毫无意外,衣服终成山丘,无处可躲的失控欲望就具现于可观的"衣冠冢"上。"我的天!"其中一集的女主角面对镜头:"我觉得好丢脸。"同样地,麻理惠也建议屋主将家中各处的书成群堆放,一一唤醒文字。我喜欢这般野性的呼唤,寄居于书中的精灵或魂魄,随着陷入沉睡的字句,一同睡掉了好多年岁。嘿,醒来啰,别睡了。物事皆有灵,我是这么想的。

房子更是如此。

我偏爱麻理惠带着一家人清整之前,会审慎挑一洁净处,跪下来,闭上眼,虔诚和房子沟通。静止片刻。我往往就像那些屋主，内心涌动着缤纷的温暖洋流，泪在眼眶打转。原来我拥有一间如此美好的房，我的家，多年来无声接纳我的所有：无论是够格写进履历的成长条目，还是多想消抹但始终提不起气力整顿，最终只能以灰扑扑的、不可名状的杂物形式，四处囤、塞、卷、积、堆于这里那里，蒙尘的角落生物。它们标配着曾有的荣光勋章和真爱披风，却以墓碑形式活过被遗忘的一天又一天，不见光，也不曾真正死去。如果有灵，它们开口的第一句话是什么？会像堆成一条直线的角落生物们说"这里让人好安心"吗？

因此陪孩子们看《玩具总动员》系列电影时，哭得最惨的常是我——布偶、机器人、牛仔公仔的所有冒险，全都回到故事核心：小主人为何不爱我了？我该如何回到那个家，回到他的掌心和拥抱中？

房子，家屋，沉默收纳了诸多历史的角落生物，无怨无悔。在整理术的系列影集中，多数屋主因忙乱而无法、无力面对滚雪球般的旧物，只能任凭杂物纸箱垃圾袋积存，最终占据屋舍的最佳所在，独享房间的最好阳光，尘埃翻飞，最后反倒是屋主只能在杂物的缝隙间起居。

于是,每隔一段时间,我和孩子会一起检视那些物件和珍藏,美好的(即便磨损、泛黄、绽裂的种种仍旧为我们所宝爱)、实用的继续存留,种种无法和我们继续下一段旅程的就逐一告别,回收、赠人或丢弃。别忘了那一句:谢谢你。如此方得顺利告别。每个即将离开手离开家的物件,皆以不同的形式镕铸成过去,像印记,如默契,静静流动于我的时光之河。假日整理如新陈代谢,有助于我更谨慎抉择进入家的事物,提防诸多廉价的卖场事物毁了一切。

正因念旧,更不愿随意买然后转瞬丢弃。

我与物件的距离,约莫也是自身与世界的关系吧,而人际关系之分寸拿捏,或许也是我们和物(悟?)之间的关系。看过一些爱的形式,令人窒息的距离,你的就是我的,你家就是我家,模糊分际最后竟成控诉与控制。若我不如是爱,就意味着不爱,更该被控诉和控制,没有其他可能,没有之间:两造之间,有间隔,有空间,不紧不疏,不浓不淡,拥有呼吸和伸展的余裕。和孩子之间,物事之间,刚刚好的距离，得以容纳情绪膨胀、变异起来的体积，也恰好放得下令人舒服的尊重和自律。

如果风，如果雨，如果日光清晰，还有，如果疫情。我和孩子在敞亮的家，围绕我们的是习用而熟稔的素朴。还有什么小物可告别？什么情感纪念物可放在书柜正中央，奢侈给它充裕的一整格，完整的空间？专注的目光是最好的聚光灯，如斯美好值得所有注意力。那是一张照片，一张孩子的画，一本泛黄的书，一张无法丢弃的CD，一只几次都舍不下也回收不了的茶叶罐。如果灿烂如金的记忆不能舍，更不该将它挤入纸箱、塞入抽屉。眼不见为净？

等待送出的书总有值得诵读的字句，读出一行，两行，一段，两段，然后又更舍不下了。先放回去，再说其实不急。但总有可告别的物事，打开旧稿，删几个赘字也好。还有那件上衣是再也穿不下了，孩子长大，我变老，就跟那些抽屉里的静物道别吧。

假日整理术让我们轻盈几许，风与时间穿行过空了方寸的抽屉，尔后载着我们，继续前行。

战栗游戏

有段时间,发现很难专注写字。一开始写,就会出现耳鸣,嗡嗡嗡,如飞蝇旋绕耳畔。

后来发现,那来自读者的声音。

不是一般的读者,部分教导写作的指南书会贴心提醒——写作时,不需考虑读者,因为读者并不一定知道自己要什么,通常是看到作品才会确知:"对对对,这就是我要的。"反之亦然,拒斥感也产生于接触到成品的瞬间。作者补充:通常有些主管也是这样的。

该不该考虑复数的读者们?该不该为受众着想?写作时该不该思索这些问题?部分创意写作的大师建议:先写再说,可能根本没有所谓的读者(们)。

写作是不是个人的私房练习?在绵长的记忆公路上漫游与徜徉,感受雨季、凉风与燠热?无论身处何处，写作是不是任由修辞于舌尖上体操的过程？于是写作可以是信仰，是疗程，是游戏。

曾有段时间，写散文好似闭关，从喧嚣纷乱的日常洪流中开启一扇暗门，侧身躲进去，与飞舞如尘的心绪与思绪共处，专注翻开过去的每一页：情绪史因宽容的目光或理解的泪水，从字里行间重新长出光芒的修辞。提取记忆，提炼纯粹的过程。那样的空间适合独处，容不下读者，应该说，那里早就拥挤不堪，宛若产房，无数个"我"及其衍生物不断出生，时间友善涤净每一寸沾裹血与黏液的皮肤，文字如白净毛巾，好多个"我"在故事中啼泣、沉睡，睡到发皱发黑发臭，睡到昏死过去。

没有读者（们）的写作空间。

我和无数个"我"专注又忘情地畅谈与争辩，百种细微声响交错，形成一朵覆盖万物却又隔绝彼世的飞毡、叙事云。

直到后来发生了一些事。

亲族中的姑婶婆之辈，安妮。"安妮"不是她的英文名字，而是她的第一句话通常是"啊你"，姑且称之安妮，以利叙事进行。安妮始终默默关注我写的任何篇章。说默默不太精准，无论是出版新书，还是刊载在报上的文章，她只要读到就会跟我的父母反映，或辗转让我知道"我有读你写的东西喔"。有时难得见到她，会给一些我转身后立即忘记的评价，也可能因为有点像作文班老师漫不经心的套装式评语，不容易上心，总之，对于这件事我原本不太在意。

直到有天，母亲说："唉，安妮说你现在还梦到前任情人，你都已经结婚还梦到，这样好像很……"话语未落，母亲就下楼去收衣服了，应该是瞥见窗外的天空变成诡异的灰紫，骤雨的前兆。行动派的母亲喜欢边上下楼边讲话，然透天厝有很多阶梯，她的第一句通常很洪亮，音阶随着句子与楼梯的增加而逐渐转弱，被无数级阶梯给消了音。尤其每到关键处，那些声音就被稀释得越来越薄，不过我的好奇和困惑才开始浓密起来。

没完成的句子是等待填上意义的空格，我像小学生思忖着方格内的词：很怎么样？回头去看自己写的文章,就是梦到前任情人而已,重点不是前任情人,而是我那篇文章后面想说的事,和前任根本无关,那只是个开头,说到底那只是个梦啊(还有,到底是哪位前任,我根本想不起来)。我想如此任性回复,但后来有很长一段时间没碰到长辈安妮,即使碰面且突然想起此事,但到底要怎么解释,或根本怎么起头都显得怪异,所以被我转瞬忘记。

有次我用轻松玩笑的语气跟丈夫提到这件事,结果他抬眼看我,沉思了一下下说:可能对方在帮你解梦吧,也就是说从梦的解析的角度来看,其实这件事情可能反映了你的潜意识。

什么意思?

大抵就是说,你越渴求或越恐惧的事,虽然可以在现实中很顺利地被压下来,但会频现于梦中,无法全面防堵。

是这样的吗?

可能是这样的。你觉得呢?

我不知道。

但这件事情确实铸成潜意识的一部分。接下来所写的文章里，不能也不再有前任情人这几个字。应该说，只要脑海飞掠这几个字，一定伴随耳鸣。警铃大作。干扰，噪音，嗡嗡嗡。

某次安妮又出现，她慈眉善目问母亲：你女儿童年到底经历过什么"窗桑"？窗桑？什么"窗桑"？复古又新潮的说法。等终于搞懂了这两个词，喔喔喔，"创伤"，是"创伤"。问题又来了，创伤？什么创伤？此类非日常又不显见的词突兀地从柴米油盐酱醋茶跳出来，分类困难，理解不易。母亲又愣住了，不知如何回答。对方立刻宽容地解释：啊，你女儿在书里有说的。母亲现在真的像临时被抽到要上台背诵古诗的中学生，但尽管飕飕飕地快速搜寻有限的记忆，她想不起来所谓的正解是什么。事实上母亲根本不看我的书。

虽然到目前为止才出几本小书，但每次我都说：哎呀，你别看，我随便写的。她也很有默契地回说：唉唉唉，写那么多字我也看不下去。那很好，别看吧。那个胡椒盐给我一下。但桂姨说你出书要买十本送朋友。你把火转小一点,不然烧焦。有啦,我转小火了。十本是吗?对啊,记得打个折喔,上次送你的碗公找不到。我冰在冰箱里了,还要打折喔。碗公干吗冰冰箱?对啊,桂姨朋友都说你写得好看,不知道真的假的。就随便写的,哪里好看,昨天咖喱没吃完就放碗公冰冰箱啦。不要吃隔夜的东西啦,跟你说过好多次了,煮就尽量吃完,记得帮我买然后便宜一点我会先给你钱。

厨房挤,油锅烫,抽风机很吵,从水龙头流出来的水声哗哗。开冰箱关冰箱,碰碰碰。很奇妙地,喧哗且热烫的物事有时却能营造适合对话的氛围,没说完的话不用费力接下去,抽风机会代替填缀断句,不经意爆出的恶口无人反击,大抵是油锅哔剥哔剥覆盖一切。说出来而想毁坏的所有字句,很快就被抽风机抽掉,或被应该要转小火、找菜刀还是回想"我刚刚到底放盐巴了没"几件事打断。

多年来母女磨合所达成的沟通术。

不像安妮,总单刀直入,母亲无法接招,对方随即亲熟地解释:啊,你女儿说小时候玩具没收好作业没写完,半夜被父亲叫起来,要她把那些东西全部丢入垃圾袋,这些事情啊你知晓否?啊!你不知道?她有写在书里嘿。人家说这就是童年创伤,啊,你别小看这些。啊,你知道这些都要处理不然会很严重的噢。你是不是想我怎么知道这么多,其实我也很喜欢阅读的噢。她现在也是妈妈了你也知道的噢。最后不忘补上:啊!你女儿好有才华,写好多字噢。上次啊,你不是还分享她去领什么奖的照片,真的好厉害。

大约半年,复数的安妮们会暂离她们的手机和电视机,走出堆满杂物的幽暗斗室,来到母亲或其他人身边,分批运送累积多时的误读心得,标题惊悚和图文不符的乱真／针刺绣,恐怖的瑰丽流泻唇边,壮阔的大河小说。此时最好保持沉默,如果因为太惊讶安妮的过度诠释和想象力,而不小心说出"呃,你会不会想太多……"的句子,她会抢着接下去:"啊,你也这么说噢,我觉得我的想象力真的很丰富,应该去写小说什么的噢……"

当她心满意足离开,我都会生气困惑但又没胆地去翻我写过的文章。被迫重读一次,倒抽一口气:不是这样的吧,那不是重点啊。明明就只是几个字,不是该轻易滑过吗?但最终这不过是徒然的呐喊,只能在内心反复回荡,生出一个又一个问号。另一个声音,中性,理智,权威:你怎能要求读者怎么读?你也是读者,你又真正读懂别人的心里话了?严谨的声音汇聚成强劲的浪,将姑婶婆之音和泥带沙地冲到遥远边际,连带关于什么典型作者、真实作者、理想读者之类的词条都被卷到远方的远方,自此姑婶婆之属也会消失一段时间,回到她们想象力喷发的编辑室,将《后真相时代》作者赫克托·麦克唐纳所谓的故事三要素摊放于桌面:触发点、因果关系、转变的过程。孜孜矻矻从诸多线索中配对因果,梦的解析,阴谋,日常中的不寻常,屋檐下的暗面与冲突,表情眼神动作都有戏,魔鬼藏在细节里。

费心研发另一个有潜力的爆点。

好吧。童年创伤。

又一个字被划掉。我不想再造成母亲的麻烦和困扰。母亲必须是善女人(吗?),人不能有童年创伤

（吗？），写的内容必须全是心灵鸡汤（吗？）。

双手放在键盘上，不再是我与我辩证的过程，脑海尖锐噪音彻响。我感觉手指微微发抖，全身发颤。

不禁跟丈夫抱怨。

他摸出手机，按下停止播放键。在家的大部分时间，他习惯佩戴蓝牙耳机，在线收听大师们的理财观和生活观。他边将已满胀的垃圾袋绑妥，边听我的垃圾话，然后以沉稳的嗓音缓缓说：其实她说的也没错。（他拿出塑料袋，好像是某个包子店的袋子，套上垃圾桶）例如你的洁癖好了，你对某些东西的排拒，可能真的来自你的童年创伤。（我看着垃圾袋上透出来的字，但从里头看全都是反的，一堆被挤歪的字）你不是有意识的，但你真正想说的话就透过文字被讲出来了。你知道的，潜意识，冰山之下的百分之八十。不可见的种种。你知道的。还有其实我也发现你有金钱、经济上的恐惧，像是……像我刚刚学到的内容，大师说……

他／大师没说完，我就讪讪离开。

他又摸出手机，按下播放键。

越来越多关键词被划掉,淤塞在垃圾桶中。当这些字跃上意识的前一瞬,我主动掐死它们,让没有形状的它们流进虚空,仅能在想象之海沉浮。我认真思索:这些会为我父母亲带来困扰吗?我可以这样写吗?这样写会伤害他们吗?复数的安妮们下次又会拿什么关键词来质问?哪一个词会被无限放大成几乎没有分辨率可言的模糊影像?想得越多,越无法下笔。无法写的时刻,我暗暗想:真的被安妮说对了一半,她竟成为我新的"窗桑",中年创伤。

某次邀来课堂演讲的作家分享了他的家族写作,我私下悄悄问:你写父母或身边的人,有遇到什么困扰吗?你会觉得需要考虑到他们吗?有因此被谁说过什么吗?他愣了一下,大概我的问题也歪楼,因此搔头说:倒没想过这个问题,不过还好他们都不读。一位写作朋友,姑且也称安妮好了,比较方便,没什么意思,真的。安妮,千万别当一回事。

安妮说有次过年,舅舅还是叔叔之属,因为他坚决不婚的事情开了个小玩笑,他觉得有趣也随意赔笑了一下，结果旁边亲戚笑说：小心人家把你写进书里。还有一次他和家人起冲突，两造皆情绪激动，对方突然拿出手机状似录音，说：你是不是要把我写进去啊？你写啊！不是爱写吗？要不来搜证啊啊啊？

不是爱写？要不来搜证？小心人家把你写进书里。

更多文字被删掉。

但也因为如此，很多事渐渐浮现，以过去从未有的姿态冲击认知的边界。

其中一件事是评审文学奖。究竟为什么过去可说某篇文章写得太朦胧，过于模糊，事件不清晰？断片，碎片，拼贴。朦胧的事件躲在繁复修辞的背后。会不会那样的描摹已是作者安全感的边界了？是他可以揭露和承受的程度？部分的遮掩不见光，不是叙事技巧出了问题，恐怕是为了更诚实直面自我而字斟句酌，反复琢磨。诗化的布幕垂下，聚光灯打在裸露的记忆荒原，每个字的诞生也许是作者自我说服、辩证和搏斗的产物吧，他们的字纸篓中是不是有无数写下又划掉、再写又删除的字句尸骸？而我，作为一位读者，是否能更谦卑地阅读这些模糊血迹？当我专注地走入这片字海，有时会产生奇妙幻觉，那些乍看之下模糊的声音，因虔诚目光而渐渐清晰起来，每个字都变得庄严，断片自动连接，补上更多细节，足以描摹普世情感，即便事件不同，情感仿佛能依稀掌握。后知后觉的我好像才开始懂作者（可能）要表达的是什么。

另一件事也和身为读者有关，我重翻那些过去读了没几页就冻在书柜底层让它们自动长斑的书，且很多是所谓的经典名著。年轻时觉得，喔，写这么多这么长好难懂的作品，现在随手一读立刻正襟危坐，捧读起来。那些过去别人提起（通常会用"重读"来形容）的经典，事实上我连那册书丢哪里都不知晓，有没有读超过十行都不可知，当书名出现在阅读书单，且学生读完写完心得，还可以给出凉凉糊糊的回馈。心虚异常。后来耐下心读，发现简直无法收回目光。说到底我也一直是带着强烈的好恶去读的，误读也画错重点的读者嘛。

安妮让我认识了自己？这么说好矫情，但我不禁认真思索了起来。说到底，那个过去自以为写作是自由游戏的"我"，挺立在散文中的无数个"我"，其实不过也是由误读叠加起来的，不过是安妮的延伸，安妮的化身。

在往事如海啸倒灌的时光里，我想起更多安妮。

很多人叫安妮，安妮的日记成为历史见证，安妮的绿色小屋成为众读者的朝圣地，不只是人，救人无数的CPR（Cardiopulmonary Resuscitation，心肺复苏术）人偶也是安妮。但我更常想起的是毁灭的安妮，电影《战栗游戏》里的安妮。从斯蒂芬·金的意念中脱胎而出的安妮，导演喜欢给她一个从下往上的仰望视角，强化眼神中的冷漠，夜晚的幽光打在宽大的脸膛，一半光亮一半阴影（有光的地方必伴随阴影？），半张脸的杀机，多么适合像她这样一个恐怖读者。头号书迷安妮，不满小说家保罗将主角苦儿判死，决定好好教训小说家，一九八七年的她对准保罗脚掌挥榔头的画面砍进我的十岁，不该给儿童看的战栗童话，将喜爱阅读的我啃出斑斑血迹，鬼影幢幢。

(~~童年创伤~~还是**童年创伤**？删除还是加粗体？消抹还是强调？）如果写成小说，安妮是否会用鄙夷的眼神宣布：你的童年就在十岁那年，给安妮终结掉了。

安妮可能是史上最有行动力的恐怖读者，相较于此，从闲暇过剩和杂物暗室涌出的复数安妮们，不过动动唇舌让他人搅搅烦恼，再怎么说都温和太多了。

一个母亲的误读

·在书中寻找小男孩，小女孩·

号称童年书写的畅销作品《萝西与苹果酒》，里头那双幼年目光所映现之处，折射了甜蜜又惊人的幻彩，而那套我始终没读完的《追忆似水年华》里，则有个睡前不断扮演着内心小剧场的男孩。无论是家具还是壁板纹理，他都能以卓越的想象勾勒出百千种细节，当我置身于他深细演绎出的空间感、时间感、对光线和湿度的诸种敏锐，咀嚼着因翻译而带来的语境陌生化的异国音韵，觉得一切像刚切下来的柠檬片般新鲜多汁，虽然青春正盛，却觉童年未远。但不知为何年轻时的我始终还没跨越第一卷的《去斯万家那边》，以至于记忆中那个孩童仍在斯万家那边鬼打墙出不来。

彼时我出了两本散文集，也开始接受学校或艺文单位的邀约，对更年轻的学子们谈写作，写得不多，但由于嗜读，将经典大师的记忆和技艺，文在身上脸上舌上，学习那样的声口腔调，诉说如何用孩童的目光写个人生命故事，以这些那些技法，召唤还很嫩很浅的"仿追忆似水年华"。翻出过往文艺营的讲题，甚至我还讲过"诗人·病人·孩童"这样的题目，除使用上述两本经典外，还摘引了《溪畔天问》《马可瓦尔多》《柏林童年》中的文句。

《溪畔天问》令我着迷（至今仍是）处之一是作者安妮六七岁时，常将一枚一分钱到处藏，如人行道上的小洞、桐叶枫根部，而后在附近地面画上箭头，箭头上标记"前有惊喜"，接着小安妮就想象那个幸运儿发现一分钱的兴奋表情。作者以此为例，延伸到"这世界装饰得很美丽，到处散落着一位出手大方的人撒的一分钱"之寓意，说明仔细观看的重要性。

《马可瓦尔多》里有爱发问的、用弹弓把霓虹招牌打灭的孩子；爱收集小东西和藏书的本雅明根本就是个孩子，打开《单行道》和《柏林童年》，就有无数个小孩及其铃铛般的笑语一涌而出，同样散落的还有里头的微物收藏：邮票、模型纸板、玻璃球、钟表。评论本雅明时，苏珊·桑塔格仿佛母性涌出地指认了土星忧郁的本雅明的内在小孩——"热爱小的东西是孩子的情感"。而我读到病中的小本雅明写下"我只是喜欢远远地看着我所关心的一切来临，就像时光慢慢靠近我的病床"这类句子，还未当母亲的我也被逗引出一阵激烈的母性，只能默默将这些发光的文句抄写下来。

噢，可爱的孩子们（有一股想要去捏他们白胖胖的小脸的冲动）。

这都是还没当母亲时的读法。

当了母亲之后，即使偶尔翻看少女时代的书，感受已大大不同，读来有感且画线标记的段落，完全是以前不曾注意到的。

初读本雅明的《柏林童年》约莫是二〇〇四年，当时我已经去了一趟印度，在加尔各答的慈善机构，曾抹去沿着几个孩童下颚滴落的咖喱酱汁，面对他们的缺陷与被弃，我曾下定决心与其再制造出新生命，今生宁可奉献给更多无家、苦难的孩童。

六年后，却莫名披上白纱，直到那刻仍坚持不要生孩子，不要肚皮膨胀起来、乳房分泌乳汁，不要成天穿着宽松连身运动服，黄着脸在小区附近公园忧郁地推着婴儿车——看来这也是我对母亲的刻板印象。再次翻阅这本书，是婚后四年的苦楝开花的时节，我不但已经历了两段哺乳、黄脸、哭泣、无眠与大吼大叫的日子，也几乎忘了曾多么喜爱迷失在本雅明土星般的优雅与忧郁中。

本雅明以为制造出符合儿童口味的书籍或玩具，是教育家的陈腐空想，因为现实生活中有太多吸引他们的、实实在在的玩具，他在《建筑工地》这么写："他们感到自己被建筑、园艺和家务劳动，裁剪或木匠活产生的废料深深吸引。"我也曾不可抗拒地为这群着迷于垃圾的孩子所吸引，然后本雅明这个大／小男孩继续吐出迷人的结论："从废弃的东西中，他们看到了物世界直接向他们，而且唯独向他们展现的面孔。"

反复歌咏这句话的青春午后，没想过十几年后的自己，确切地置身于废品现场（就是我家）：过期的发票、回收的传单和缴款证明被珍藏，但藏的技巧不高明，因此从橱柜到拖鞋都可见其踪。确实，那些我想淘汰、回收的废品，孩子视为至宝，他们捡来重新拼凑剪贴，为死去形式注入鲜活灵魂，成了绝佳的游戏，我说：这是垃圾。他们从我手中夺回，大声抗议：这是小猫、云朵、房子和星星。于是家中的柜子塞满了这些那些还魂的物事，宝特瓶空罐可用来当花器，纸箱裁剪成细条状，插在地板巧拼的缝隙间，仿佛装置艺术。还有一个足以塞下五六人的超大纸箱，他们横放又竖放，成了帐篷、城堡和屏风，还观察家具高低差，搭成室内滑梯，闲来无事还可尽情在上面涂鸦，一个纸箱玩了一年还不让我丢，未免太经济实惠。

将本雅明的废品艺术发挥到极致的，约莫是两岁大的孩子。我每天从学校回家，打开门，大部分的物件都不在它原来的位置，仿佛经历了大风吹，书籍如纷纷落叶坠在地上，锅铲在床上，晒好的床单则披挂在孩子身上，阳光般的笑意则在他们脸上，那张无辜的、与物质世界直面的纯真脸上。

越是要丢的东西越被他们看上，但最令我害怕的是，除了收藏被成人视为无用之物的废品，更麻烦的是他们有让物件变成废品的本事：计算机键盘被暴力拔掉数颗（原来这种东西是可以被拆掉的啊）；蜡笔霸气地舞上书中文句，孩子气的品评；木质浴桶成了他们的战车，意外倒下遂迸绽裂痕；还有还有，锅铲放在积木旁边，捡回来的掌叶苹婆果实，则神秘地与《忧郁的热带》同类，任由列维-斯特劳斯忧郁地凝视一枚枚心形硬壳，仿佛那是古老部落的异族头颅。这令我想到朋友陈所描述的：要煮饭时掀开电饭锅锅盖，发现里头正安置着一只泰迪熊，实在很"蓬皮杜"。

说来他们创意十足，可惜他们的母亲无法平静欣赏。

至于粘在身上的面条、饭粒和饼干屑，则像花粉被带往家中每个神秘角落，用来养息蟑螂蚂蚁及其家族。孩子以他们的方式诠释了本雅明所谓的"用自己在游戏中制造出来的东西,将那些种类很不相同的材料放进一种新的、变化不定的相互关系之中"。每样物件的内涵和界线,孩子将之打破、重新搅拌,创造出属于他们美感经验的变体。只不过曾有段时间,太过疲倦的我很难好整以暇欣赏他们的创意,即兴且富节奏感、饱和度的灵光。

当作家对孩子的浪漫向往与天真歌咏变成了实在的日常,象征性的抽象情感落入了柴米油盐,处处得关顾现实的母亲们过于小心翼翼又神经紧绷,画错重点——迷路般的误读?

以前多么喜欢马尔克斯的《流光似水》,小说中的"我"随口乱扯"光就像水,一打开水龙头就有",孩子就真的打破了家中所有灯泡,从中淌出大量的水,让所有家具漂浮起来,他们和前来参加派对的三十七个同学玩得太过瘾,以至于公寓泛滥,全部孩子溺毙。孩子跃动的神思,对比于成人的假面,恐怖的魔幻意在挑战所有坚固顽强的成人执念,让体重上升而想象力下降的成人们,尚拥有漂浮的可能。

但我读《流光似水》给孩子听时,发现自己跳过了诸多细节,将成人说得不那么功利,将孩子的勇敢稍加稀释,变造了最后整班同学被光海溺死的结局——台湾麦克出版的大师名作绘本系列中,《流光似水》的结局也删去了孩子溺死的段落——成人对危险下意识的逃避?成人对孩童潜力本能性的畏惧?抑或是出自一位母亲的过度诠释与刻意误读?

不过我倒享受儿子睡前的撒娇,看来这是不少作家童年最温柔的记忆吧,普鲁斯特在《追忆似水年华》一开始就描绘了母亲的睡前之吻"像祝祷和平的圣餐上的圣体饼那样",吸吮母亲的唇给他入睡的力量;洛瑞·李则于《萝西与苹果酒》中,将与母亲相依偎的睡眠写得诗意又缠绵——我滚到她(母亲)睡梦残留的山谷里,深深地躺在那薰衣草的气息里,我将脸深深地埋进去,重新睡去,睡在她让我据为己有的窝巢中。啊,母亲。睡在母亲旁边是多么难以忘怀的经验,母亲的头发、气息、皮肤仿佛地毯那样铺展开来,是小男孩安全感的温床,取代了所有肮脏破损但永恒不舍的小被被。

黑夜来临,幼龄的儿女依傍着我睡,扯着我的衣角、反复抚摸我的手肘纹路(儿子说:这是果冻)。闭上眼,环抱彼此,呼吸着对方身体发肤上的肥皂气味,一同滚入睡眠山丘,如肥沃土壤黑甜,养出一朵一朵梦境。母亲真是叙事的温床。于是我想,这也许是小普鲁斯特、小洛瑞·李及无数个作家童年的睡前仪式吧,他们正以那张渴望母亲的孩童脸孔,转向我,穿越时光凝视我。

·在书中寻找小男孩,以及他们的母亲·

《阁楼上的疯女人》收集了在文学史中徘徊不散的女人,母亲,疯妇。这些关键词令我反复揣想,曾经也是文艺少女或花样小姐的她们,是因为疯狂的基因始终隐伏于血液,还是当了母亲才疯掉的?歇斯底里,灵魂坏掉,言语歪斜,目光是焰火又是寒冰,行经众人谴责和鄙视的目光,走在自我意识蒙眬和清醒的边界。

《漫天飞蛾如雪》里也有一位这样的母亲。这本书主要谈生态和自然,书名透露着作者麦可·麦卡锡过去经历的某种现象——或许是五六十岁以上的英国人共有的普遍经验——闷热夏夜,驱车高速驰骋乡郊,往挡风玻璃扑撞而来的是数量庞大的飞蛾,密密麻麻铺展成一片,甚至连路都快看不见,此时驾驶员得下车清理挡风玻璃,这个充分展现了英国生态多样性的现象之一,不到一世纪居然消失不见。麦可发现紧接着飞蛾的大量消失的是,野花、蝴蝶、伦敦麻雀的数量也惊人骤减,"这一个完全被忽视的无脊椎动物灾难,正是其他无数类似事件的基础",借由个人经验、科学报告和知识论述,知感交融诠说了生态的剧烈变化,指向人类的无知——正逐步迈向自毁之途。

麦可诗意的描述令我不忍快速翻掠,我缓慢赏读他文字背后的色泽与景物,不过这本书吸引我重读的反倒是他与母亲的关系。在展开优美又宏大的生态观察之前,此书先从他七岁前的童年经验说起:他的父亲是邮轮上的无线电通讯员,长时间不在家,独自抚育麦可和哥哥约翰的母亲诺拉则开始精神异常,行为愈发古怪,后来被送进精神病院,医生以当时流行的电痉挛疗法治疗，过了一段时间，母亲才逐渐康复。几个月后诺拉返家，仍无法照顾两个孩子，因此她的姐姐玛莉和丈夫住了进来，彼此关系更加紧张。

据麦可形容，诺拉曾在他七岁、九岁和十一岁，经历三次足以摧毁家庭的精神崩溃，这对早已饱受折磨的哥哥约翰而言，更是深重打击，后来演变成歇斯底里，不时上街尖叫，成为乡里间的笑话。麦可曾以母亲和哥哥这"疯子二人组"为耻，将心神悉数投入大自然的怀抱，无论是蝴蝶璀璨宝石般的双翅，还是各色鸟类的鸣叫，都替麦可开了大门。在家四分五裂之际，大自然的丰足成为小麦可的目光所栖、情感所依，他说鸟、蝶与其他昆虫填补了内心空缺，"透过这扇奇特的窗，进入了那时穿着短裤、瘦弱的我的灵魂"。

当我为了写书评而初读此书时，并没有特别留意麦可和母亲的关系，不仅描述家庭的篇幅少，也因其笔下的鸟兽虫鱼、草木花卉太过鲜亮，如同麦可以"像是替猫咪顺毛"的目光，抚过蝴蝶的斑斓花纹，我也专注巡礼他饱和度高、分辨率高的生态世界，臣服于他从个人经验和知识论述中取得平衡的观点，因此他与母亲的关系像遥远模糊的背景音，即使忽略也不影响理解。但后来因我遭遇到某些问题而沮丧时——诺拉崩溃的时候会将热茶愤掷到墙上——泪眼朦胧或涣散目光之际，薄薄搁浅进来的正是这本书。

——介绍大自然之美及人类欲望的威胁后，麦可还是得回过头来正视他的童年，尤其是与母亲的关系。他描述精神崩溃的母亲，却始终以智慧、诚实和过分的善良对待身边的人；他赞叹母亲，也与母亲成为无话不谈的好友，母亲对他全然的接纳就是最好的教育，他深爱并感激母亲。不过当母亲过世，他却发现情感被抽空，完全无法掉下一滴泪，空壳般地活了七年，通过专业咨询师的帮助，经历三年的探索和挖掘，他才发现隐藏在爱的背面的，其实是浓烈的恨意——他恨母亲，恨她当年的不告而别，为了抵抗分离的痛苦，小男孩的他以十足的冷漠抵御，而成人的他面对母亲的死亡，再次启动了伪装的保护机制。

察觉到汹涌的情感暗潮，麦可发现内心淤塞渐渐流动,加上记忆的重新核对,麦可看见小男孩忽略的视野——原来母亲从没有不告而别,而是看他沉睡,不忍唤醒他。承认这些驳杂的情绪史反而将他推向母亲的墓前,痛切哭一场。

自我修复的真实之旅,这是我重读时最震撼的段落。小男孩即使长成大人,成为父亲,内心还是永远渴求着母亲的认同与接纳吧,他与妻儿的关系也都得回到母亲身上。

我所认识的成年男子里,有至今仍被母亲羞辱、否定、高标要求的,这些母亲甚至已无意识在亲友面前讪笑自己的儿子,即使他已是父亲,也不自觉在他的孩子面前嘲讽他,例如丹尼。成长过程中的丹尼不断与高压教育的母亲唱反调,某次心灵课程中,透过连续几个问题的挖掘,他才知道原来所做的一切都只想向控制狂母亲证明:"你看,通过我的方式,我也可以做到。"拉锯从童年一路延续到成年,丹尼始终盼不到母亲的接纳与赞赏。但从旁人的眼光来看,丹尼对妻儿的高标要求也有迹可循:凡买了食物先看成分标示；凡意见相左必是自己无误；凡犯错哭泣必然是弱者的表现，自己恒常是胜利正义真理的一方。成年丹尼想抵抗小男孩丹尼所承受的诸种威权形式，并亟欲与母亲的惯习切割，但成年丹尼所做的一切竟也惊人地与母亲相似。

能像麦可这样承认自己的恨意与脆弱毕竟不易，而能像诺拉这样既遭逢精神崩溃又学习接纳儿子的母亲，也是难得，必得经历多年的跋涉和冲突，长路漫漫。认清了自我情感需求，麦可在书末终于将他指认出的每只蝴蝶，朗读其名，献给母亲：

你看，你看！是黄凤蝶！在沼泽蓟上吸着蜜！美得宛若虚幻！
它们是献给你的。

成年麦可与小男孩麦可终于合而为一，每次他对母亲的呼唤，都是以"你看"起始的。

妈妈你看。

多熟悉的童音，我想到无数次孩子跟我说妈妈你看，即便只是简单线条的涂鸦、家中混乱的"建筑工地"，专注的目光对他们来说无比重要。你看，你看，仿佛出自儿童的集体呼告，伴随着欣喜和雀跃，响彻每一个时代。

屑 屑

孩子吃洋芋片、番薯片,咔滋咔滋,纷纷落下好多细小碎片。

细小的食物屑屑,落在桌沿,暗中留下了油腻光泽,手不经意将它们送往木地板,轻巧卡在缝隙中——令我想及《失落的一角》中不动声色又完美无瑕的哲学式卡位——飘得更远的就被书柜和鞋柜缝隙吞了进去,轻易躲过疲惫又混浊的目光。

我说:"就着碗吃,不然屑屑会掉出来。"

不喜欢屑屑,那意味着之后的清理,以及更多更麻烦的不易清理。

每个屑屑都像精致的开口,贪婪的嘴。屑屑吃掉时间。

除了洋芋片,凤梨酥、芝麻烧饼、菠萝面包、奶酥面包有更棘手的屑屑。

孩子用舌头舔舐盘内的小碎片,盘面留下了口水痕迹,像蜗牛移动的路径,黏黏的,发亮。

孩子用手指轻点桌面小碎片,送进嘴里。

拿扫把清理,屑屑分裂成更多屑屑,简直就像变种的细胞繁殖。扫帚离开了,空气中仍浮动着屑屑们的欢呼声,那么寂静,如此喧闹。

最好的时机就是在屑屑落地前清除干净。卫生纸对折再对折,将屑屑们聚在一角,垃圾桶紧贴桌沿,快速扫进桶内。一旦落地,除了扫把加速它们的分裂,孩子的脚步更会让它们像花粉被昆虫带去旅行,落在四处,从浴室到床铺都有可能,默默滋养着夜行蟑螂。

对屑屑的紧张,可能来自几次难以收拾的混乱。

儿子两岁半的时候,曾将吃到剩四分之一的馒头悄悄放入衣柜角落,和他的闪电麦昆小车、乐高玩具及内裤放在一起。

小男孩的分类学,有时显得过分奇特。当时的他想必以为正进行着秘密实验,或集邮般的收藏,还是像兽类贮藏食物,得空再翻出来私自品尝。馒头被发现时已过了整个农历春节,我们从北部回到台中的晚上,拉开衣柜抽屉准备给儿子找内裤时,发硬的馒头在我惊愕的目光中,如聚光灯下的装置艺术:丛聚的蓝紫色霉斑长出困惑的表情,馒头也掉出细微白色粉末,屑屑堆积出沉思的地形,似乎对于被遗落在衣柜角落十天,长霉的它和我同样无法理解。

棘手的不只是屑屑本身,而是它们的落点。

如果在车上,如果在移动的车上,如果食物在移动的车上被两个幼龄孩童夹在指间、捧在手上,如果孩童总想以最奇巧的姿势,在车行速度下平衡自身的同时,将饼干送进嘴里,屑屑就容易变成滥用的删节号,撒在座椅上,卡在缝隙中,坐在屁股下,粘在车窗上。最艰难的永远是肉眼看不见的,分裂后的它们钻进脚踏垫,噢,那可恶的一格一格黑色脚踏垫,格子像极了蜂巢,储藏着很久以后才会被发现的甜食屑屑。

总要隔一段时间，才会想到应该将脚踏垫拿出来，将那些纷乱的集体通通倒掉，倒在车外、草皮上、柏油路上。记得某次年节带孩子们出游，车停在两百米外的空地，一下车先捡拾具体可见的塑料包装等物，接着再拿出脚踏垫，倾倒，果然好多碎片喧哗。还用保温瓶里的水快速冲了一下，尔后静置于车顶，给温暖的冬阳晾晒一会儿。

结果离开时忘了将脚踏垫放回去，就发动引擎。

开了几百米，正狐疑怎么会有噗噗噗的声音，以为忘了关车窗还是没将车门关紧，儿子才从后车窗瞥见正逐渐下滑的脚踏垫。女儿此时也才惊觉怎么双脚踏在毛茸茸的地毯上。

驶入高速前紧急路边停车，安置好脚踏垫。不禁笑了出来，人家的车顶不是帅气地擎着流线型脚踏车，就是绑着帐篷之类的，我们却将脚踏垫忘在车顶，滑稽又狼狈的公路风景。

高速上，我想着卡在脚踏垫边边角角的屑屑，在晴日与和风的鼓励下，自由地敞开独一无二的自己，随风飞舞、逆风飞翔。

屑屑是不完整的，又是完整的。不完整在于它必定从这个那个物事掉出来，是几分之几，是分子，是其一，孤零零的存在。完整则取决于它的独立性，几乎没有一片屑屑长得一模一样，它是时间搭配动作、方位计算角度、重量考虑密度的总和，独一无二：指纹一般，孩子一般。

屑屑要教我什么呢？它们带着我的思绪走了好远。不过，我还是不喜欢屑屑，还好它们终于被清除了，松了一口气。

唰。从后照镜看见，孩子正要撕开一包饼干。

不知是否为了节省时间，想避免清理分裂成碎片的细末，一看到屑屑从孩子吃食过程中掉落，就不自觉捡拾，将它们聚拢在一处，默默扫进盘内。甚至也有在落体过程中被拦截的记录——孩子在吃，我在下方接捧，掌心化成钵，诡异的画面。

或是试图先用话语接住想象中即将掉下的食物屑：就着碗吃。就着碗吃。就着碗吃。我又开始跳针。

源头处截断屑屑，可能是处女座的完美主义作祟。只要解释自己是处女座，洁癖行径就会让旁人心领神会，脸上浮现理解且认同的表情，不再追问。也可能是不想花更多时间清理后续，尤其当那些后续通常是落在我身上的时候。

但你知道，屑屑不是这么好拦截的。

四处游击的永远比精良整队的更令人费神。因此我也被孩子们豢养出提前准备的习惯，在屑屑仍在袋内、盒中的时候就先将复数/富庶的它们通通消灭。效果好得出乎意料。没错，所有事物都该在源头被斩断，自然不会派生出支脉啦、枝叶啦、果实诸种难缠的衍生物。

约莫从这个时候，我习惯先吃掉碗里的、盘里的、袋装或盒装内的屑屑。破裂的饼干，一角被碾压成细末的伤残洋芋片，被撞伤一角而带有乌黑瘀痕的香蕉，那些不再完整的食物被我抢先接收。

先吃掉屑屑，丑陋而难以归类的。

有人说母爱大抵如是。

或者说处女座如我大抵如是。

有次我边将袋内的洋芋片碎屑聚拢,以便迅捷倒入口中,边从凯特·曼恩的《厌女的资格》中,读到珍西·唐恩《我如何忍住不踹孩子的爸》的结论,开头第一句话立刻吸引了我的注意——"你不必每次都吃碎掉的饼干",紧接在这句加了粗体的呼告后,唐恩说:"我必须克服的最困难的问题之一,是培养一点点我自己的资格感。"资格感包括需要人帮忙家事,需要休息和闲暇。"要摆脱随侍在侧的内疚感,"唐恩继续,"以及我不知为何认定自己应该要有办法处理所有事情的想法,是困难的。"

碎掉的饼干。

我回头读这几个字,用目光在这几个字的下方画底线,来回加粗体。

我的误读让我想到母亲的行为:将寿司扁下去的两端切掉,那里荒疏粘裹着少少的饭粒、畸零的食材——不是过长的小黄瓜就是不见踪影的红萝卜——

贫乏的两端会在上桌前先被她解决,仅将饱满扎实的中段摆盘,里头无论是煎蛋、小黄瓜、鲜火腿还是红萝卜都是最方正而宜人的,丰美且完整的寿司留待家族中其他人享用。

延伸文本(或说经典文本),还有多数孩子以为,将整条鱼留给家人的母亲会这么做的原因,在于她最爱吃鱼眼睛。再延伸得更远,为什么我总无意识又迫切地将盘里最破碎的饺子吞下肚?先捡拾被烫穿、馅料从饺皮中流淌而出的菜蔬细末(吞下肚),然后是已与内馅分家的饺子皮(吞下肚),机灵地吃下那些畸零的屑屑几乎已成习惯。

没有人要我这么做,但好奇怪我就是这么做了。曾有一次,肚子饿得不得了的我,一边捞起饺子滑入瓷盘,顺势夹了一颗水饺送入口中,果然烫舌,逼出眼泪。

眼泪因为烫舌?

还是因为那是颗完整的饺子?

狼吞虎咽解决了饺子,十分满足,不久,内心竟有种感觉无以名状,只知些微刺刺的,痒痒的。

（随侍在侧的内疚感。唐恩说。）

题外话：后来跟某家素食餐厅的老板娘买了高丽菜水饺。找钱的时候，她突然想到什么，对着我说："你知道吗，下饺子前，可以丢一根不锈钢汤匙进水中，跟水一起滚沸，这样饺皮比较不粘锅，不然有时候不停翻动锅铲，反而将饺子戳破了。你试试看，很神奇。"

我试了。

看滚沸水中的饺子，如何从冷冻的硬白，渐渐转成温软的半透明，隐约可见红绿黄馅料在里头熟成。拿锅铲晃动已被淀粉染浊的沸水，等待部分饺子的硬白边缘，悄悄转透转熟，微微鼓胀地浮出水面。角落的不锈钢汤匙上有一个镂空的微笑，静静沉在锅底，凝望着这一锅不同媒材的组合，奇异的生活美学，主妇不吃破饺子的经验传承。确实饺子再也不破，不再有屑屑尴尬地从失落的一角中纷繁涌出，每粒起锅的饺子都饱满而完整。

不过还是有其他的屑屑，仍会从这里那里掉出来，流出来。

唐恩从不吃碎掉的饼干，想到了婚后女性不想被牺牲的资格感，以及因为没有好好牺牲的内疚感。我唐突地想及女儿三个月大时，我请家人照顾，溜出去看电影的琐事。片名早就记不住了，唯一留下来的印象就是回到家，立刻被劈头质问：怎么看这么久？早就超过两小时了。你女儿大哭怎么哄都没用。你女儿。我重复了一次——我女儿——我伸手抱过哭得满脸鼻涕眼泪的我女儿，边解释因为要停车啊要排队买票啊，没说的是我喜欢在电影演完后留到字幕跑完最后一行，在灯光全亮之前抹去眼泪，私自感受属于我的、真切的心跳和悸动，这才是最完整的观影经验，大学时代某教授的叮咛。正因私藏了"没有牺牲自己"的完整时间，因此边说我也边心虚了起来，声音逐渐减弱。

碎掉的饼干只是一个比喻。那可能也意味完整或平等享受工作时间、休憩娱乐的资格感吧。如果母亲还有工作，或者说当母亲原是一份不容易的工作，时间已是碎片，不但要在有限时间内清理食物屑屑，更要满足家人雪片般的需求。全是屑屑。

凯特·曼恩引用了另一本书,达西·洛克曼的《所有的愤怒》,此书一开头,就提供了一个写实的例子——说写实,因为也发生在我和友人埃米莉身上——洛克曼请求丈夫乔治在母亲节这天,带两个女儿去拜访他的母亲,给洛克曼一个难得的休息,其中有件事没特别提出来,就是打包两个女儿的行李。当乔治打电话问洛克曼他这样打包有没有忘了带什么东西时,洛克曼回忆起自己当时的感受:沮丧、不平和、甚至产生内疚感,已然内化于她体内十几年的白噪声提醒她,关于女人及其责任,于是她数落自己:"你只要随便丢几样东西进去行李箱就好。这只是个在外面过一晚的旅行。这只会花你三十秒,有什么该死的大不了?"

你只要随便丢几样东西进去行李箱就好。

随便,丢几样,就好。

当母亲恒常如是想,持续一段时间,就不难发现凡家务、情绪劳动,所有的一切就会化作这几个字的造句及其变形,不断在她身上来回试炼,最后成为一个拖沓到不行的句/巨型,+1到臃肿的天文数字。微妙的是,不一定来自旁人的声音,而是如洛克曼所经历的,白噪声早已内化于体内,会不断提醒她:

> 随便,几样,就好。只会花你三十秒。没什么大不了的。

随便讲个例子。

当孩子年幼,尿片奶瓶奶粉内裤衣着及其他,得在有限的行李箱空间算好天数与份数,不同年龄层的孩子有不同需求,蜡笔画纸贴纸小车也得带上,孩子的,丈夫的,自己的,脑海快速加减后,终于有效塞饱两个行李箱,用膝盖压住外壳,顺利拉上拉链。到了目的地,摊开行李,先让所有零件找到它们的去处,干净衣着换上,脏掉的袜子放进洗衣袋。回到家,又是拉开行李箱,再度让所有零件回到它们的家,坏的丢垃圾桶,脏的丢洗衣机,干净的……呃,通常没有干净的。

年节的行李更棘手。

有三个孩子的埃米莉年节返家,除了行李,还得带几包围炉食材,于是物件变得热闹起来,冷冻的、常温的、干的、湿的、大的、小的,分门别类,万物各有归处,最后化成俗称的"大包小包"。某年,开心吃完年夜饭、洗净锅碗瓢盆、发完红包,洗澡时才发现三个孩子三天份的干净内裤全没带(已打包好,疑似忘在床上),被长辈指责:这么重要的东西竟然会忘记,妈妈怎么当的?年纪轻轻记性就这样?丈夫也冷言补上:她真的忘东忘西,一天到晚不是找手机就是找钱包钥匙。几个小时前收完大包小包、开箱后拿出大包小包、张罗一桌年菜、喂饱老少一家子并洗完所有油腻食器的埃米莉,已无力替自己解释,毕竟内裤忘了是事实,记忆力一年不如一年也是实情。不过谁会记得:当所有家人的吃喝拉撒细节、喜好、需求、分类全都得由一个女人(而不是千手观音)来记忆与执行时,对她而言,"随便""顺便"的屑屑这里一丛,那边一堆,终会滚成偌大雪球,凝聚冰雪般的强烈意志,伴随重力加速度朝她的记忆和(主妇的)技艺凶猛撞来,最终也将她撞成屑屑。

最初只要花你三十秒,最后滚成三天,三个月,三年,甚至三十年。

埃米莉的故事,也是启示。

其实不仅外出旅行的打包与收拾,家中大小物件通常也由母亲收纳,影集《怦然心动的人生整理魔法》中,孩子最常问妈妈:我的什么什么在哪里?妈妈竟能从庞大、细琐、无序的物件须弥山中,正确响应孩子的需求,不仅是丰沛母爱使然,更是强大记忆术的展现。

有次我在阅卷场的茶水间,无意间听见一位女教师打电话(应正跟孩子通话),她极有耐心地指示对方要的东西的位置,曲折奇诡好似那物品收纳进多宝格里:最靠近窗户的衣柜打开倒数第二格抽屉边边的袜子皮带旁边……有看到吗?复杂如俄罗斯套娃。同为母亲,我会心一笑,想到整个家的平面、剖面、透视图在记忆力逐渐消退的母亲的脑海中，顽强抵抗遗忘的泥石流，斑驳而闪烁显影的画面。

走笔至此。唰。该为自己开一包洋芋片。

终有一天，当我凝视孩子，以及他们掉落的食物屑屑，不再忙着收拾和清理。

因为我也开始掉屑屑。长大的孩子已学会收拾，如同他们学会打包自己的行李。当我偶尔记不住什么物品放置何处，像无法辨识屑屑的独一性而搞混了所有物件时，孩子帮我记住了。

唰。又该为自己开一包洋芋片。

辑 四

方 舟

她这么卖力要奔向何方,她不累吗?
一点也不,只稍微有点,非常,没有关系。
她若非爱他,便是下定决心爱他。
为好,为歹,为了老天爷的缘故。

——辛波斯卡《一个女人的画像》

等 待

亲爱的娜娃：

　　那天当我独自开车到一个小小城镇时，我想起你。此时你正在后车厢里。这样说有点恐怖，好像那里秘藏着谁的死尸一样。我的意思是你和你的人生被写进一本男性小说家的作品里，而这本《乡村生活图景》此刻正在后车厢里的行李箱内。像俄罗斯套娃，娜娃你被放在行李箱的最核心处，我用白色的无纺布袋装好。其中，有关你的故事，我读了好多遍。这篇小说叫作：《等待》。

　　说你是小说的女主角，似乎也不太精准，因为从头到尾你其实没有现身，你只出现在焦急寻觅你的丈夫的回忆中，让我依稀从破碎而跳跃的叙事，拼凑你的样貌。你喜欢做陶，有个小工作室，里头陈列着你的作品。做陶的你在想什么？思绪是否随着掌中即将成形的陶器而逐渐有了新的轮廓？缠绕的记忆在过程中稍稍被解开了，被摊开来检视、抚平？

我不会做陶，但想象自己画缠绕画的经验，专注于曲折或笔直前进的线条，旋绕不终止的路径没有象征或隐喻，就仅是让笔尖朝着同一方向重复，神奇的是，烦躁的情绪毛边就这么被一一收妥。还有写作，好像把所有喧嚣的日常片段一股脑倒出来，放置于干净的台面，凝视嘈嘈切切的它们，试图予以分类，或即兴混编，或什么也不做就只是张望着逐渐安静下来的记忆，幻想，妄想。或其实是冥想的过程？

我假设，做陶对你来说正是这样的生活必备，你在短暂的时空里恢复了自信，婚姻生活的细微裂隙就在手心覆盖陶土的过程中，被温柔弥缝了？你的自我在无声的过程中发声，艺术的嗓音如此浑厚美妙，因此我可以想象当你得知吉莉女医师建议你身为村长的丈夫，在村里替你举办展览时，内心应感到惊喜和雀跃吧。聚光灯打在你的陶器上，清晰照显的是你反刍日常后的清明思维。

想象多年来你在厨房、卧室、浴室、走廊、客厅旋绕来回的身影，你安静地擦拭、扫除、清洁，如同诸多不同肤色和族群的女子，靠着不停歇的双手劳动，方能维持体面的家，即使你的丈夫可能视而不见。

丈夫以为尘埃不可见，但下班后开始第二轮班的你必定了解这世界到底有多少灰尘，如雪片般细细飞落并忠实停驻于花瓶、拖鞋、沙发和地板，倘若不清洁，谁晓得哪天我们会不会就被如斯掩埋？你离家后，浑然无觉的他先在客厅摸摸花瓶下你常放字条的老地方，发现未留下只言片语，接着看到你替他准备的午餐正安放在桌上，且"用两只盘子扣在一起以便保温"。

我把这个句子来回看了好几遍。让我想及母亲。

有段时间，参加登山社的母亲在每周四的清晨五点起床，帮父亲和仍赖在家写博士论文的我准备早餐，有时候连午餐也备妥了，放在餐桌上的食物就用浅碟覆盖保温，午餐则安置在电饭锅里。热腾腾的各色卤味，或一锅香浓咖喱，有时更夸张，居然有四菜一汤，分别在电饭锅、炒锅、炉心桌上安放着。母亲会将我们的餐食备好才出门，也在显眼处留下纸条。那段时间家中到处是纸条。纸条说：炉子上有萝卜汤。另一张纸条说：炒饭在电饭锅里，加热再吃。还有一张纸条叮咛：青江菜已洗切好，记得炒。

每次注视纸条的字迹，总会浮现母亲边丢下锅铲、抛掷围裙、边背上背包去拿机车钥匙但又忘了塞在哪，于是就在门口四处翻找：咦咦咦怎么会，哎呀——但没多久就寻到了的模样。有时我醒得早，或母亲出门得迟，目送欢欣的母亲说完bye，脑海却浮现了五分钟内大门再度开启的画面，果然不到五分钟，门轰然打开，忘了这个那个的她匆匆捡拾随身物，水壶、登山杖、雨伞或帽子，等等，然后又一次好有元气地扬声："出门啰，记得咖喱要加热青江菜要炒，还有……"永远不嫌烦地将纸条上的字重念一遍。

很多时候，临出门的母亲帮我洗菜切菜甚至下饺子煮汤，油水在锅内哗啦啦响，抽风机轰轰地震，她的焦躁似乎也沸到最高点，我在嘈杂的厨房提高音量:"这些我弄就行,来载你的阿姨已在门口等。"她边回应:"好,真的要出门了。"但手却像被什么控制般继续翻炒,趁我催她的分秒里,添盐加酱起锅,接着风驰般地边提醒边疾行:"炒锅先不用洗你们吃完放着就好那很油我回来再弄就好你先去做你的事。"

娜娃,你也是这样出门的吗?留下纸条留下餐食,出门又无法真正放心出门。看你离家前将午餐摆好,连刀叉和纸巾都折好,这刻桌上的家常味道说明了过去结婚十七年来的无数次重复,连同没有灰尘的餐桌也是,甚至包括衣橱里叠好卷好的衣裤袜、平整的床铺、没夹缠毛发的地毯、浴室替补上的卫生纸和肥皂,维持整个家的饮食起居都得仰赖你无数次的劳动。于是我理解当你的丈夫本尼婉拒了吉莉的提议——说你只是业余的,在你工作的小学展出即可,无须借用村委会的艺术画廊,也可避免村人碎嘴说村长偏袒老婆——时你内心的失落。

操持家务的手终于在陶土中呼吸甚至说话,专属你的创造性语言,陶器就是你心绪的具体表述,但忙于聆听村民意见的你老公就是听不见。他听取大众的声音,唯独对你心不在焉。于是一连几天你什么也没说,将所有衣物拿来熨烫,熨到凌晨三四点,连毛巾和床罩都不放过。

我大概懂这种感觉。

几次,丈夫在没问过我的情况下答应或婉拒了什么事,我也是这样。唉,先不说什么事了,反正最后这些事几乎都长得一模一样,具有琐碎到不行且无聊至极的共通点,充其量就是芝麻绿豆的小事。但回想起来婚姻生活的间隙都塞满了这些体积小、滚动快又不起眼的玩意,逐日这边滚出一粒那边跳出一颗,日积月累竟也填充成婚姻本体,芝麻绿豆的集大成,而且就分成绿豆、芝麻或者绿的、黑的两类。擅长空间收纳的朋友珍如是将婚姻生活归类:大抵分为不是很快乐和很不快乐两类。

小说描述你们一次争吵,你说丈夫只是戴着友善的面具,面具后是冰冻的荒原,但他还是深情微笑,即使你甩开他的手且认真发火大吼:"你什么都不关心,不关心我,不关心女儿。"他微笑依旧。之后端了杯薄荷茶给你,因为他觉得你只是感冒。你吼出来的这句话想必也在许多妻子喉间滚沸吧,如同有次读到一位年轻的女性写作者写她母亲的尖号——"我很想去死",这些声音究竟穿越过多少家庭的卧室、客厅厨房和玄关,抵达多少人的耳蜗和梦魇,最后变成了回荡于家庭史中消散不去的咒怨,极少数的"我想去死"被写在文学奖的散文参赛作品中,扁平的四个字在耳里,却形成环绕音响。

你丈夫觉得你的抱怨都出自感冒,而我记得争辩到最后,丈夫最常跟我说:"你累了,去睡觉。"

我真的也只能去睡了,但很难入眠。丈夫却总能神奇秒睡,规律鼾声像迟来的一巴掌,打在受挫又委屈的情绪上,深夜时格外响亮。

半夜醒来的我无法再睡,干脆起身做点什么,没心情也没精神读书,做家事成了失眠女子的深夜习题。入夜的家乍然具有白昼缺乏的深度和距离,所有物事仿佛有自己的意志和魂魄,看上去都肃穆庄严,不可狎昵。家事包括:将所有书籍按照出版社或类别或颜色排放;将孩子的衣服折好叠好。

睡不着的珍也是，她常在半夜醒来，我是后来看她转帖讯息或回复的时间常落在凌晨两三点才知晓的。失眠妻子珍的深夜习题：偶尔将各式马克杯玻璃杯依照高矮胖瘦排列，将隔热垫杯垫餐垫拿出来仔细擦拭一遍。后来我们不约而同选择诵经。有时我读理论书（有助于再度快速入眠），有时写点上下文不连贯的断片（就别想再度入眠）。不过倒没尝试过熨毛巾和床罩，应该说我几乎不熨任何衣裤，因为日常已够炙手灼心了；再说很多事情始终无法平整，越企图抚顺反而越会凿成一道浅沟，弄巧成拙。

娜娃，你的丈夫本尼在收到你"别担心我"的纸条时，还能好整以暇处理公务，回去吃饭、冲澡，直到一分一秒过去，他终于决定找你。他以一向独特的前倾姿势走向小村，如船头乘风破浪，小说家如此形容，也充分说明了本尼的行事风格。最后来到你任教的小学，当天放假而大门深锁，翻墙的他弄伤了手。我看着他走进你的办公室，所有物件都是侦探小说的悬疑线索，其实我挺喜欢看作者仔细描述无人在的空间，诸多物件如此静态却又隐藏着动态轨迹，半空的咖啡杯、笔记本上的字迹说得太多又仿佛什么也没说。本尼打开了你的抽屉，里头有粉笔、喉糖、太阳镜镜盒，盒子是空的。然后找到一条椅背上的围巾，看来眼熟但不确定是不是你的。他当然不确定，即使贴身的衣物也是。

丈夫有时会突然说：你穿的这条新裙子很适合你。我愣了一下，这条裙子已经买了超过两年，近两年夏天我常穿，其实不怎么新了，甚至后面的薄薄布料已滚起毛球。有时则是，你剪头发啦，很好看。我会感谢他的赞美，但同时纳闷已剪了半个月，这半个月来我们不是不常见面，就是即使碰面也有比发现对方头发更重要的事。所谓更重要的事其实后来一件也想不起来，无论是谈公事还是与公事有关的人，或是钱。记得我怀第二胎的八个半月时，肚子大得不得了，因为准备请产假和育婴假，得从学校扛回笔记本电脑和一箱书，避免地下室停车场收不到信号，回家前先打电话给他，请他二十分钟后到地下室等我，帮我扛东西上楼。最后我在地下室等了十分钟、十五分钟，手机无法拨号，只能等待。纳闷上楼查看，母亲说你老公已出门二十分钟了，和一位同事去吃饭。当时正和同事聊得起劲的他完全忘了这回事。据他事后回忆，他俩在家边聊边下楼，在大厅继续聊，同事终于问他在等谁，丈夫却完全想不起那通电话般反问自己：对啊，我在这里等谁？于是继续热烈的话题并往街上觅食。最后由母亲协助我将书箱、笔记本电脑搬上楼。

后来又发生过很多类似的事，等待的事。可能我善于等待，又或者我被训练成必须善于等待。

一粒又一粒芝麻绿豆从破掉的布袋中滚落出来，流淌在地宛若积水，再无法捡拾只能祈祷顺利避开以免滑倒就好。现实生活如同小说，电话必须在关键时刻响起：在我们即将为孩子庆生、出门去餐厅吃饭、女儿出院返家发高烧、家庭旅行、拜托他接孩子因为我得晚点返家的时刻。总之，他的伙伴朋友家人总在我需要丈夫协助的时刻打电话来，接下来他就得打开电脑，立即处理每一项棘手的事，或紧贴着电话，即使孩子说爸爸你看你看我可以……虽然不像你老公本尼是村长，得立即处理大大小小他职责所在之事，但丈夫也像本尼一样热衷男人间的互动，或协助家族处理可能冰冻多年的误解或仇恨，于是他得看长长的信、回信、回简讯、回电话；于是他得一直讲一直讲，友善、亲和的他很适合扮演沟通者的角色。而我也说服自己应当扮演怀抱受伤的、情绪起伏的、哭泣的、愤怒的孩子，听他们高兴大喊"妈妈你看我可以"……母亲的角色。

烫伤的女儿从医院返家那晚，高烧至四十度，已会走路的她也因两周卧床而无法步行，本已学会如厕，无法下床后得插尿管，回家后暂时包回尿布，重返婴儿期。她身旁还有一个名副其实的婴儿，她的弟弟。怀抱全身发烫的女儿，两腿有两次动刀后的疤，纱布上有不时涌现的脓与血，已如惊弓之鸟的我再无法承受更多，讨饶般央求他可否中止在线会议，今晚就好，一次就好。但会议不能被中止，再说高烧只是过渡，他提醒我别反应过度，这些很正常，都会过去。于是在卧房听见隔壁的他对事业伙伴朝气蓬勃地问候："各位都好吗？请大家先来分享这周最愉快的事,最有成就感的事,最想感谢的人。"上扬的语气总能一扫阴霾。笑声传来。掌声传来。他将门关上。我再听不清声音,只有终于睡着的女儿的呼吸声。

当年那位相谈甚欢的同事已离开,后来亲近的伙伴也离开。他完全想不起来当初热烈地谈论些什么——不外乎远大的梦想和所有应立即启动的计划——值得一次又一次让妻子等待,让她独自用餐,或奶着孩子抱着孩子推着婴儿车等待丈夫结束通话。在通风不良的地下室等待。漫长等待后还得独自搬运比知识(书箱)更重的情绪巨石。

娜娃,本尼不知道你去了哪里,也一定不懂你为何离家。

此刻的你,正前往哪里?令你开心或平静的地方?想告诉你,我现在正穿越一个南方小镇,这里有美丽的绿色隧道,事实上这里到处是高大的树木,到处是绿色的隧道,浓密的绿荫让人忘记忧伤。我喜欢放慢车速,徐行,关掉空调,放下车窗,欢迎风的来去。

你的丈夫还在等你回去吧。书架上有那么多的故事，丈夫在等待妻子回家；还有日本男作家写的，那么多的丈夫不知妻子为何消失，只能徒然空守留有妻子部分物件的家屋，感伤的情感静物。在此之前，妻子也许花了更长的时间等待丈夫。

娜娃，你去了哪里？

你正在我的行李箱里。

事实上，你和我在一起。

自由的风，此刻正穿行于我们的发丝、耳际、呼吸、言语和沉默之间，穿过家庭史中无数个漫长的等待。

风顷刻间吹拂。无须等待。

方 舟

在同辈中,她是比较晚才学会开车的。

熟识的友人刚满十八岁就报名驾校,考取驾照后也顺利开起父母的车,开到毕业、工作、结婚、接送小孩,而她考上大学的第一件事却是学西班牙语,努力驯服舌头,但上完两期课程后便终止,和学长轰轰烈烈谈恋爱,沉浸在粉红泡泡的微醺时光里。几年后,初恋画下休止符。西班牙语全忘光了,倒是失恋那段时间,早已开车自如的好友载她去石门水库散心。那天,她后悔了,当初应该报名驾校,熟练驾驶的身体感,而不是徒劳锻炼舌头。

即使如此,她还是拖到三十岁才报名驾校,梦想清单中有太多类似学西语的选项,远比开车来得迫切又脱离现实。坐进驾驶座,紧握方向盘,听教练说难懂的笑话(常在错误的时间点笑出来),眼看他消失

（你开得不错可以自己练）后躲在暗处喝饮料（当时还没有智能手机），留她一人努力练习日后鲜少用上的S弯。她真正开车上路已将近四十，当时她早迁移到另一座城，生了两个孩子，头顶蹿出几根白发。

这座城，身边的女性友人都开车，即使平常习惯骑机车，仍随时可以将车从车库倒出来，开上街、高速和乡镇小路，有的甚至以精准而炫目的停车技法自豪。其中一位孩子同学的母亲A，每日从城市南方骑车到三公里外的幼儿园，有次近距离观察A的手，发现白皙手臂上清晰浮现淡蓝静脉，手腕细瘦得仿佛无法提起任何重物，一副很受保护的模样，她下意识判断对方也不会开车。"反正丈夫会开车就好了嘛"，她想起母亲曾这么说，也不难想象这句话从A嘴边流出来时，福泰从容的表情。某天当她发现A开车来接孩子时倍感冲击，骤然升起"难道最后只剩下我不会开车了吗"的寂寞慨叹。

但这还不足以迫使她将车开出车库，开上街，开上快速道路，跨越城市边界，开过桥，驶进泥泞中，弯过羊肠小道时体验惊险又不可思议过关的会车，在车上丈夫与孩子沉沉睡去的夜晚，滑进冰凉夜色。

因为要接孩子，她才硬着头皮开车。

说是这么说，事实上，唯有她知道驱使她开车的理由来自母亲。

她还清晰记得童年时代，每晚九点半，全家陪同母亲练车的过往。那年，母亲三十二岁。

八十年代，紫色喜美（本田思域），奇妙夜旅。

母亲坐在驾驶座，父亲坐副驾驶座，后头则是兴奋的姐妹俩。母亲从中正路开往民族路，或从有故乡著名地标大时钟的大同路，开往中美路、新生路，两旁商店纷纷熄灯、放下铁卷门，城市准备入睡，全家的奇异旅程方要启程。

想象中，新手驾驶的母亲应当异常谨慎，手心泌出汗来，方向盘和手掌间蒸出薄薄雾气，笼罩着挡风玻璃的是不安的气压。

父亲绝少说话，沉默巨大如山，但威胁力恐更胜于滔滔责骂。

姐妹俩太小，无从留意母亲的内心戏，光是窗外店家的飞旋霓虹，以及被窗玻璃阻隔后朦胧淡去轮廓的声音就很有戏，夜晚的街道敞开布幕，黯淡灯色强化了舞台效果。倘若下雨就更好了，扑飞至三角玻璃窗的雨丝化成斜斜标点符号，随着车行速度滚落成诗意的奔跑、氤氲的数学题，最终汇流成玻璃窗一角的小水洼。细雨之夜如此静谧，交通信号在湿黑马路上投映魔幻色彩，晕开艳色。雨刷机械摆动，慢，快，极快。慢，快，极快。水流汇聚，水流分开，视线就在规律节奏中时而模糊，时而清晰。

只顾贪看窗上的雨珠迹影和雨刷缝隙间的灯影，当年她全没想过雨天增加驾驶难度，开车的母亲何等紧张，冒汗手心默默映照着车外流泄的雨瀑。

淅沥淅沥，淅沥淅沥。

某次听见父亲急切的声音而恍惚醒来：打方向灯打方向灯，快往左切小心后面有车，就跟你说，后面有车。睁眼，外头漆黑，几盏薄弱的红灯明灭闪烁。后来推想约莫开上了交流道，害怕的母亲不敢上高速，父亲却执意要她练习，半推半就半骂半哄间，车危颤颤闪入车道，一紧张就不自觉死踩刹车，迎来后方喧哗喇叭声如花瞬间绽放。

母亲想必心跳加速,搞不好已哭出来了也说不定,所幸混乱止于瞬间,没多久紫色喜美又平缓加入南下或北上的车流,惊醒的姐妹俩也随着车行沉入睡眠汪洋。

陪伴母亲练车的夜旅究竟持续多久,姐妹俩又如何从睡眠的温暖泥沼中醒转,艰难移动到床上眠睡,隔日打起精神上完数学语文自然社会体育,而后等待晚间的练车时光。

对母亲而言,会开车绝顶重要。相较于深植于家中如同人形植栽的丈夫,车不但是代步工具,更是一叶飞离琐碎家常的螺旋桨。从接送女儿、超市采买再到三天两夜闺蜜小旅行,或是杀到他方临时顾孙,有车,一切都便利多了。

记得母亲曾说:"女人不用学开车,给男人载就好。"如果没记错,这句话正是某次母亲载她去驾校时说的。当时正逢梅雨季,母亲的车就暂时成为习惯骑机车的她的往返之舟。现在想起,这句话来得莫名其妙也毫无道理，但当时这截断上下文脉络的话却像诡异蓝烟，随着车行速度，晃荡于内后视镜下悬挂的祈福金牌之间，于是她用刚习得又忙于献技的女性主义论述嗤之以鼻，反复嘲弄，但多年后开车上路，这句话却如同摩挲神灯后的幽灵冉冉现身，伴随强烈怀疑：为什么母亲这么说？倘若回到当初说话的情境，是否母亲厌倦在大雨中载她往返驾校？还是母亲对不断独自开车云游的生活感到烦腻？或是她其实想要丈夫同游，共享风景也能轮流开车？还有什么可能？

如果当年她更有问题意识和穷究根源的欲望，这句话的脉络是否来自脑中深植的传统女性规训和行动女性话语间的辩驳，吐出来的话尾不过是彼此雄辩交战的一抹遗绪？还是主妇人妻内心小女孩的撒娇讨好？男人替自己开车门，让妆容完好、眼神无辜的自己优雅坐进副驾驶座，名之为丈夫的男人带她到天涯海角，琐碎家常中难得抒情冒险的情调，无论如何都胜过侠女只身勇闯天涯？她想象，一个外表坚毅的五十多岁女性，独自在公路上边听音乐边讶异于涌动情绪化作眼泪流淌之际（多像车窗上的雨影），时速默默超过一百二、一百三的场景。

她确实接过几次母亲超速的罚单,附上的照片清晰显示了车牌号码,而她总能从那没什么好说的单调场景中过度诠释:银色LEXUS(雷克萨斯)维持着奔驰的余绪,虽然驾驶者没有入镜,但女驾驶员的情绪正如大胆催发的油门,渴望是供应不绝的燃料,轮胎化成风火轮,疾疾幻作向前驱动的蛮力,车体几乎要长出翅膀那般飙向未来,凡驰过之途皆迸发焰火朵朵,所有的地名形同虚设,凡是空间,皆指向一个终极之所:自由。

于是她开车上路,当她体会过逼近超速的神秘结界——所有具体的限制和无形的栅栏如恐惧、担忧、压迫感——之际,她再也不像父亲那般叮咛母亲:开慢点,否则又被开罚单。虽然至今尚未接过罚单,但她始终不太确定,比起交通规则,婚姻生活无法细说的潜规则于她而言,是不是更难捉摸和遵循?

她想及另一位孩子同学的母亲多拉,每周两日从城市北缘开车南下至偏乡小学授课。她纳闷是何等毅力与爱心支撑多拉开三小时（不塞车的话）的往返车程，只为了四小时的英语教学。隔天又是同样行程，持续两年。

某次和多拉在幼儿园对面的公园，边盯着孩子玩滑梯边漫聊起来，她好奇对方的善举，多拉悄悄说：那两日母亲可以代她接送孩子，张罗晚餐，甚至安顿孩子入睡。然后眨了眨眼："那是我每周最期待的行程。"一人车厢重复播放她最爱的摇滚。"音量开到最大，几乎要伤害听力了吧。"宛若告解，秘密交换，她也想象多拉逐渐踩深的油门，速度上扬，眼神有光："你知道，那超棒的。"语毕，两个孩子扑向她，她给两个孩子仔细戴上安全帽，一前一后三贴回家。

望着母子三人远去的背影，她怔忡起来，多拉没说出的细节，她可轻易补上：取出孩子的英语会话练习或绘本故事之类的CD片，放入青春时期的排行榜，九十年代和二十一世纪头几年的历史节奏摇曳现身，驾驶座上的她立刻返回女学生时代，永不终结的昼夜舞台上，扫射着无以复加的灿烂，青春就是恒常启动的车头灯（不用担心没电），将所有暗夜照成曝光亮白。

熟悉到令人心碎的音乐是持续抽长的魔豆，从少女时代一路疯长至人妻人母时代，她点头、甩头，单手持转方向盘，空出来的手则在方向盘上大力拍击，她一定笑得太用力以至于泪水不受控流出，饱满泪滴释放压力也蓄积喜悦，难缠的婆媳小姑关系、生活压力、丈夫的冷淡、孩子这里那里的小毛病和路人甲的指指点点等诸种积累成肩膀的岩层硬块，此刻全被音乐、方向盘、雨刷、后视镜、油门、手刹全盘吸收，背后不再被孩子踢蹬，不会有孩子们无聊到令她翻白眼的争吵——她得压下满腔愤怒回过头僵硬微笑：好啦，你们是怎么啦？副驾驶座也不会有男人沉稳的鼾声，至于那些发生在车体之外的争辩指责，全都粉碎成休止符，车内唯有笑声、哭声、音乐。

（内后视镜下的金牌晃动得多么厉害，简直就是控制不住的狂笑。）

像是为了提示这段回忆章节的结束，雨实时落下，先是句点大小，继之以逗点和分号，分号接续成破折号与删节号，窗外的雨，以寻找字句和倾诉心事的形式铺展开来。旋开雨刷,看推移、贴附在玻璃窗上的晶莹字句,不规则且不成形的雨被挪至两侧,蓄积成眼泪般的微型湖泊。

瞬间,天色灰暗下来,乌云滚动并蓄积力量,似乎得到充分的提示与支持,雨势随之增强,如箭矢猛烈击打车体和车窗,在挡风玻璃处流成小瀑布。从被锋利雨刃切割的有限视野中,隐约瞥见前方小客车后车灯双双闪烁,她立即想起某次练车时突降骤雨,副驾驶座的母亲立刻按下按钮,"下大雨,记得开双闪灯,后面的车才不会撞上来"。不经意的小动作自此于内心烙下痕迹。在能见度有限的恶劣气候下,闪烁红灯如心有灵犀的眨眼,悄悄告诉她:暴雨中,请保持安全距离。

此时,车厢唯有她醒着。身旁的男人鼾声大作,后方的孩子睡得东倒西歪,安全带将他们柔软的身躯箍紧,确保他们在高速中维持继续做梦的权利。

左侧后视镜已流淌成河道,难以辨识后方来车,烟雨朦胧,前方的车也不辨踪迹。她害怕暴雨,不仅狂躁大雨让她有车体微微漂浮的错觉,这般敲击仿佛唤醒了恐惧的总和,大雨是悲剧的前导,最坏的结局之前总会发生最剧烈的雨。

幼时看过的一部影片,暴雨中翻覆的车让主角顿失双亲,被迫提早长大,一路演下去的唯有不得不然的世故及艰难。如是既视感再也不散,她感觉手持方向盘的力道增强,手汗在双手和方向盘间塑造了隐形墙,滑不溜丢,她预感会失去掌控,错觉升起:车打滑离开快速道路,强大势力将之推往河道。

从河道顺流至云深不知处?

结婚多年,他始终在她无法企及的云端,真真云深不知处。除了体会母亲的自由感,正是常开到睡着的丈夫迫使她开车上路的。丈夫安心创业,正向度日,而将所有开销与家务承担起来,似乎就是婚后的她被期待的角色。

撑持这一切的她又得到什么?

"你就是太强。"不该虚弱,又不能太强,刚刚好的温柔与无条件的爱,莫非也是妻子的责任?而现在,当他开得两眼无神,让丈夫保持清醒也成了她的义务？当时她还不敢开车，就得扮演不停发问、聊天和喂食的角色，但当最终这些伎俩都失效，彼此就难得有默契地闭嘴，他用仅剩的体力将车默默滑向最近的交流道或休息站，停好车，放平座椅后便秒睡打呼，她则带孩子逛休息站的商店街，等丈夫睡饱。

有次他们滑下三义交流道。出发前，夫妻俩因长期无解的问题争执，本来要南下却错往北开，错路又引发争执，该是小事，却有本事拖出又臭又长的黑历史，婚姻最终把人逼得眼尖心窄，究竟谁又能无视历史，像一张白纸般地向前？待争吵平息，车内空调助长睡眠，孩子熟睡，他也开始点头晃脑，于是"迫降"三义。睡饱的孩子有出游兴致，赏玩各色木雕和琳琅木制品，孩子央她买这买那，最后给女儿买了木汤匙，儿子买了钥匙圈，突然想起家中边沿发黑的木锅铲，遂买了一把新的。

车子再度发动，看着脚边纸袋内的崭新锅铲，出发前的争吵断续浮现："这么多年来，我洗衣做饭，做这做那，让你好好创业，你竟然还说我不支持你。"最后令她也十分讶异，冲出口的竟是传统连续剧里悲情女人的控诉："我再也不要做这么多了。"这句话在脑海还魂，幽灵般安静穿行于洁净的锅铲，反复扇了她响亮的耳光，一下，两下，三下。

黑幕降下，大雨持续，如溪流冲击车体，烟雾腾跃，无法看清前车的闪烁红灯，却清晰看见恐惧在雨刷往复间滋长，雨喂食它们，锐利它们的齿牙。她盘算是否再开下交流道，换丈夫来开？在她下意识叫醒丈夫的前一秒钟，母亲的身影先跳了出来——忐忑驶入高速的母亲，紧抓方向盘而手汗滑腻的母亲，超速且蛇行的母亲，最终也持续喂食着她的意志，支撑她决心独自穿越。于是她握定方向盘，放慢速度，深深呼吸，坚信神会替她分开汪洋，赐予一条干燥又圣洁的道路。

即使不然，神也必定允诺她将车开成方舟，她、她的孩子和她的车，会在大雨一直下的公路上，悠悠款摆，缓缓浮荡，直到雨停，天朗气清。

恍惚间，她又回到母亲驾驶的车上，她们交谈，她们亲昵地拌嘴，她可以全无顾虑地沉睡。

后来她没有叫醒丈夫，就在暴雨中一路开回家。

梦中足迹

上学期结束前两天,医院新冠肺炎感染者的活动轨迹公布,接下来的新闻交替着禁桃令、挺医护、网友支持订餐厅年菜、桃园人挺桃园人。还有这样的新闻:家族建议住在桃园的家人不用回来过年了。乡民悄悄问:桃园人会被歧视吗?

周末搭车回台中,又返回中坜,送出期末成绩,完成几篇稿件,一切如常。当然,这是不可能的,自疫情暴发后,"如常",已成珍稀字眼。再说,又有什么能恒久不变?

带孩子回中坜娘家小住的那晚,感染者持续增加,足迹地点陆续发布,书展及各项活动改为在线举办或取消,深夜电话揭示新的无常:一百零六岁的爷爷往生。半梦半醒间我想及他在龙潭粗坑的住家养了数十盆植物,怀念我们共同走过的石门水库、传说已成鬼屋的芝麻酒店，还有他曾带我走过的中圻的巷弄街道，那些地方再不会有爷爷的足迹了，从今而后。

家靠近老街溪。回母校教书，晚餐后习惯在老街溪散步。隔着车声市嚣，水声清晰可闻，大约十年前，老街溪终于掀盖，经过几年整治才有今日的清澈，再往前算二十个年头，川上加了长长的遮盖，印象中附近有些摊贩，木板或帆布简易区隔，支架上悬挂明亮灯泡，卖吃食的、唱片的、海报的、鞋子的、茶叶的、碟碗的摊子相连，杨林、金瑞瑶的海报夹在帆布边翻飞，音响传出娃娃高唱"就在今夜我要悄悄离去"，女星嗓音很快混入杂沓脚步声和店家吆喝。人们吃毕消夜，抹嘴随手扔弃塑料袋，风卷走它们，推送至溪畔，黏滞成无法腐烂的臭泥，悄悄扼住溪流声带，仅存呜咽。多年后看《千与千寻》中去汤屋的河神——拖带臃肿且腐臭的被弃物和欲望残余——就想到当年的老街溪。独自散步，三十多年前河边摇曳的灯火、海报，食物与垃圾交织的腐败味，与附近猪圈的牲口气，混成百种神秘感觉，原已神隐，重又复活。

矗立在溪畔有一间永平禅寺。我曾就读寺庙附设的永平幼儿园,一九八九年因尼众寺务繁忙而终止,当年爷爷笑说:"那是因为你们小孩太吵了啦。"想到幼年的我拾级而上,进入宽敞课室,女老师要孩子们排排坐,数数儿,炽白灯光和冰凉的水磨石地砖构成斑驳记忆;放学时,行经尼众晚课诵祷和木鱼声声。

每年初二,我总回到这里,坐在大殿专注仰望观世音,三楼的释迦牟尼佛金色袈裟已炼成沉稳古铜,午后暖阳将门窗上整齐排列的卍字投映于地砖和蒲团,无可言说的解脱道朗现,佛菩萨的行迹皆有莲花托足。钟磬和大鼓犹在,泛黄鼓面吐出历史:王源兴制鼓厂,安静时光中唯一被说出来的话。钟面养成一张老脸,表情推移,下方两个字也是恒常忠告:禁语。是的,禁语,多平实的提醒,适合婚后十年的女子,家族争讼和言语暴力伤神费解。我跪在其中一个卍字投影上,让咒语以我为舟,悠悠泛荡,趁着日光明晰,将诸多争辩点燃,烧成灰烬,凝成蜡泪。

袅袅香烟中依稀听闻梵呗。

爷爷告别式结束的下午，我带孩子步行于老街溪旁，流水淙淙，我听取如是默祷，如是我闻：去吧去吧，到彼岸去。

走过老街溪的加盖与掀盖，泥尘往事走向洁净今日，曾被宣判死刑的河流重新流动。永平寺中的观音和古佛仍低眉垂目，百年一瞬，器世间的恩怨情仇、喧哗已逝，连灰烬迹影也再寻不着。

中坜小学刚过百岁，对悠久的历史建筑来说，我就读的六年也仅是一瞬。学龄前的周末，父母最常带我去中坜小学踢球奔跑。待我就读，每日从学校步行至家大约八分钟，穿过俗称的"瞎子巷"，随意搭叠的铁皮瓦片仿佛将阳光阻挡在外，霉味恒常，房舍如同关房，门扉垂下锦花帘，偶见布幔向上卷箍，店招写着"抽签·卜卦·铁口直断"，还有一行是"婚姻·事业·家运"，这些命题仍困扰着当今浮世男女，无解宿命。我从风动布帘间隐约瞥见戴墨镜的盲眼算命师坐在床上，收音机传出电台播音，哀伤浓艳的方言小调或卖药讲古，间杂盲眼师傅的咳嗽或鼾声,声波拼贴成时光廊道。

如今瞎子巷已拆,巷口从一九四四年便开始经营的老巷小馆早已搬迁至中正路上,猪头肉和粄条、油面不知是否仍是童年味道。无从知晓,茹素后的我再不曾吃过,只记得三十年前的无数个傍晚,我和众人挨着彼此——那时候我们还可以靠得这么近——在长板凳上吃完油面,悬吊的灯泡摇曳出幢幢影迹,吃面喝汤声唏里呼噜,掀开的锅盖涌出白烟,像一场梦。曾有段时间,搬迁后的面馆的煮面女人,日日用方形大桶盛装残肉猪骨,数量之多若有漂流木堆积之势,留待四五只流浪犬前来食用,其中一只带头的大灰狗眼下有长疤,温和友善,上午七八点领狗群穿越马路,安静啃啖,食毕离去。怕是清洁大队诱走了它们,不知何时悉数消失,面店锅炉仍旧蒸腾,人车奔驰如常,是否只有我哀伤凭吊它们的足迹?

老巷小馆隔壁几家的有信糖果行也是老字号,往昔每逢春节,门口遂堆放新奇玩具,包括花样众多的冲天炮,元宵节前则悬吊各色塑料灯笼,父亲每年为我们姐妹俩买一只灯笼,它们到底都到哪儿去了?

店内吃食从我童年的时兴百款变成所谓的"怀旧零嘴",一时想念遂买包回味,吃完满嘴颜料糖粉,童年不过是色素添加物分泌出来的泡泡梦境。行至对街,整顿后的市场已无屠宰腥臊,巷口卖煎饼的女人从少女卖至老妪,麦饼滋味仍甜,甜到让婚后女子恍惚瞥见她从女童一路奔向青春然后步入坟墓的轨迹。

三十多年前,市场向左拐有间刻墓碑的店,一室石碑散落,有的仍是待加工的石头,有的刻到一半即被撤下,有的则已刻凿数枚大字。凿刀等器械随意搁置,死亡正待被具体描画,静物画的氛围。幼时的我牵着爷爷的手,从中光行文具店绕进此处,不曾害怕,因为这是除店招外识字的绝佳场所,专属死亡的语汇是我未曾知晓的禁忌辞典,那些还没长全的半边字更是饶富趣味的谜题,我和爷爷往往看得入神。石碑店消失已久,石上大字遁入遗忘的荒烟蔓草,店家更替数轮,卖少女内衣的、卖贡丸的、卖鸟及鸟饲料的等,是砧板上迅速擦抹的残血肉末,地砖洁净,巷弄安静,早已寻不回童年和爷爷漫游的足迹。

市场中段岔出小巷，迎面而来的是放映院线片的大东戏院，印象中的电影海报仍是手绘，俊男美女的五官总过于立体，鼻翼下的阴影和浓眉大眼特写了男女的悲情，在那个时代，城市仿佛也都是悲情的吧。另一侧还有家小戏院，长大后才知道那里专播色情片，刻意的低调气氛反更凸显聚光灯般的存在，约莫是悄悄吸饱了众人偷窥的目光吧。

记得有次忙碌的母亲将我托给叔叔。他在市场口买了甜腻的煎饼给我，带我行过阴湿小巷。商铺陆续收摊，人声隐匿，牲畜的血腥犹在，宰割的尖号已散，却像咒语徘徊街心。我跳过几个水洼，和叔叔停在灰败的建筑物门口，他转身向茶色窗口，与后头的男子低声说了些什么，掏钱，接过小纸片。戏院旁是理发店和猪肉摊，等候时，我总贪看理发店门口旋转的彩色霓虹，却始终掩鼻，阻隔漫天猪尸臭气。

跟随叔叔悄悄猫入戏院。

黑暗中，叔叔领我向前走，随意找了位置坐定。海般辽阔的屏幕向两侧延伸，搞不清楚在演哪出的我，乍然被丢进一片肉色景观。轻微喘息和四周塑料袋的窸窣声如海潮波动，宛若催眠。没多久眼皮就沉重了起来。

被叔叔唤醒时，厅内的灯全亮了，睡眼惺忪踏上红毯阶梯，灯光灰暗无神，但已足够无情地审视这个充满低廉欲望的局促空间。我们行过旋转霓虹灯，准备驶离的蓝色卡车后方，悬吊着血色饱满的横剖猪尸，叔叔脸上有疲惫神色。

长大后回忆起这些紧邻相依的戏院、理发店和猪肉摊，才晓得欲望总离死亡这么近。

想来像梦，倾斜的异时空。

时光倒流，大同路上曾有座大时钟，是老中坜人的恒久地标，后方是第一市场，安置刀具五金、杂货、面店、青草店和算命摊等。记忆中母亲偶尔嘱我来此处买生饺子。蛇行入地下一楼，光线顿时黯淡，空气闷热，垃圾混杂牛肉汤的气味凝滞，所有店家皆裹在飞尘跋扈的雾光中，我小心踩上油腻乌黑的菱形地砖，等待老板算饺子给我的片刻，忐忑瞥见气窗及扇叶积累的陈年黑垢，窗扇缓慢旋转，缝隙间隐约瞧见一楼外行人仓促的步伐,厚厚栖止的黑垢裱褙了行人的足迹,记忆中的经典黑白照。市场对街曾有家著名的古胖子面食馆,店内狭仄,塑料桌椅安置于走廊,经年着白色吊嘎(背心)的古胖子就在店内煮饺子,我贪看沸水涌动的锅炉蒸出朵朵雾气,古胖子拿着长棍搅动水面,等待圆胖饺子浮出白汤。可惜古胖子后来突然神隐停业,将近二十年后,第一市场则因建筑老旧龟裂、漏水,拆除重建。

告别式结束后临时住娘家,晨起匆忙什么都没带,我绕过正兴建的第一市场,右转中平路帮孩子买贴身衣物。结账时老板娘看我一眼:"你是外地人?"我一时语塞,答非所问:"从台中来。"她睁大眼:"还敢来桃园?"我直觉反应:"这是中坜啊!"快问快答总有疏漏,我补上:"娘家在附近,而且桃园很大啊。"老板娘自顾自地哀叹:"最近业绩掉好几成,这条街就像鬼街是吧,以前过年前不是这样的。"听她陷入旧日荣光,恍惚间想起娘家地址曾是中坜市,后来改成桃园市中坜区。

但我改不过来,每次都写错。记忆中的地址已成历史。

离开中平路,沿着已是幽灵魅影的第一市场、大时钟、古胖子面食馆、瞎子巷,切入巷旁的小径散步回家。中坜小学旁的故事馆睡了,消失的永平幼儿园、石碑行、狗群和这些面孔那些老店,再次随着我的足迹漫游,浮动,不再神隐。下个念头:爷爷已经不在了啊。

要相见,大抵只在梦中。

回娘家

那天返家,父亲正在顶楼花园。他穿着白色汗衫,专心为竹柏、石斛兰、菩提树、茶花浇水,听我喊他,倏地转过身来:"啊,你回来了。"

简洁话语中洋溢着欣喜、期盼,这是含蓄的父亲对女儿表达亲密的方式。

"嗯,我回来了。"花园盈满植物芬芳。花园旁的小佛堂,父亲供奉的水沉正悠缓飘散于药师佛前,于虚空默默写下无声轨迹,无字经文。父亲指着一棵挺立小树,问我认不认得。我摇摇头。他说,这是孩子携回的水黄皮,我才想起,孩子几年前从幼儿园带回来的小树苗,竟长得这么高了。

待我回书房写稿,没多久桌上就放了一杯柠檬水。父亲摘下香水柠檬,请母亲切块兑水。身为中医师的父亲总叮嘱我们别吃冰:"常温就好。"母亲总回:"这么热,加一点冰才好。"眼前的柠檬水,晶亮冰块缓缓漂浮。冰镇过的一切无比清凉。

回母校教书,每周有一两天回娘家住。从终日奔忙的母亲、妻子,再度成为女儿,享受被照顾的感觉。

暑热炎夏,母亲将煮好的青草茶分装小瓶,放入冰箱,待我饮用。知道我又忙又懒,只要我回家小住,她总将番石榴、苹果切好,将葡萄洗净,随时都有鲜果可食。

有课的那天从台中北上,母亲都会先来讯:什么时候到?需不需要接送?体谅她的辛苦,加上交通方便,我都自行搭车。前阵子梅雨季,母亲问得更频繁了,尤其有天离开学校时暴雨来袭,道路宛如河流,母亲立即传讯:"要不要去学校接啊?"我知道她正张罗晚餐,就回:不用啦。

大雨如瀑倾倒,望向窗外的伞花和车行溅起的水花,想起曾写过一篇散文,描述中学时代的某日放学,天降暴雨,我拨公用电话回家请母亲来接,雨声过大,对话断续,只听到母亲说她会来接。左等右盼，始终不见母亲，怀疑她一定又忙到把我忘了，心酸之余，同学建议骑脚踏车载我，只好躲入她的雨衣，克难骑回家，下半身全湿了。到家，内心涌现被遗弃之感。经父亲询问和解释，才理解母亲在电话里说会晚点来接，而我全没听到。冲完澡，骑机车的她正好返家，头发和下半身都湿了，她看到我就说："你回来了啊！"

仿佛接续多年前写过的文章，隔天的我竟然又让母亲空等。

赶赴某大学的文学奖决审会议，出发前母亲问："搭什么车？几点到？我去接你。"原先跟她说搭火车，大约九点半到吧，但会议稍有延迟，又体谅工作人员接送其他老师到高铁站，就临时改变决定，搭高铁回桃园。赶着买车票、进站，上车时想跟母亲说一声，查看手机，发现她早来讯：在火车站等你啰。讯息是晚上九点三十五分传来的，而我搭上高铁已十点十分了。

天啊。母亲该不会在火车站痴等我半个多钟头吧。外头还飘着细雨。我想象她边滑手机，边不时注视出口的模样。

立刻打电话,在安静车厢内压低声音跟母亲说:"我改搭高铁,再十分多钟就到了,别等我,我搭出租车。"

妈妈不但没责备我,竟语气轻快:"啊,那我现在骑车回家,开车去高铁站接你。"

愧疚感油然而生,我继续压低声音:"不用啦,搭出租车就好。"

"这么晚有出租车喔?你又要花钱。"

"有车啦,你不用担心,快回家。"

到站后匆匆跳上出租车,安静的夜晚,雨丝绵绵。向外望,暗夜的路笔直向前,路灯却始终薄薄投映路面。雨继续下。眼眶也贴上薄薄雨雾。

回到家,守在门口的妈妈继续滑手机,我故作轻松扬声说:"我回来了。"

"喔,你回来了啊!"

婚后,回到原来的家,就是回娘家。婚宴后隔两天,我和丈夫在中午前回娘家,称作"归宁"。那天我难得穿上洋装，淡紫色的雪纺纱，胸前抓皱，上面整齐排缀金扣子，后来再穿，是在妹妹的婚礼上，不知是洋装原就宽松，还是身材没太明显走样，当时的洋装还塞得下已生了两个孩子的我。再后来，没有后来了，因为洋装爬满了黄斑，只好扔了。

初二回娘家。虽然平时也偶尔回去，不过这一天特别令我欢喜，尤其妹妹生了两个孩子后，家里变得热闹，妈妈也会张罗一桌丰富菜肴，荤素皆有，最特别的是她炸的红豆年糕，才上桌，立刻被抢食一空。炸完煎，煎完煮，年糕香菜肴香咖啡香不断，水果也是吃完又削好一盘，妈妈的无影手。那天厨房的油烟机几乎整天都开着，刚好遮挡了孩子们疯到极致而开始拌嘴抢玩具的声音，我和妹妹随意哄抱后，孩子也不计较又玩在一块。初二，我俩又是女儿了，专心吃喝躺床闲聊滑手机，其余的交给妈妈就好。

很多女性似乎都有类似感受：婚后更能体会妈妈的好。不同家庭的生活、教养方式甚至厨房里的锅碗瓢盆之事，都有相异的女性传承与惯习，不是这么容易转换得过来的，因此常见摩擦，但也擦出许多连续剧"娘家"式的烽火／风火叙事，让诸多女子初二以外的日子也想回娘家，带着孩子、拉着行李箱从婚后的家冲回娘家，似乎也成就另一种叙事。

不是过年的日子里回娘家，最喜欢睡前和母亲并肩躺在床上闲聊，最常聊的是她的娘家事。

母亲有两个妹妹曾是妻子，其中一人也是母亲，那是四阿姨，因为住桃园，我们都唤她桃园姨。小学时代，我在桃园姨家读完整本藤堂志津子的《熟夏》，每次去读一部分，终于在两个表弟吵闹的玩具枪战中、闹哄哄的卡通还是大富翁游戏中，似懂非懂地啃完了。封面中那个露出丰腴臂膀和大腿的女子，每回在我合上书本时，都以那双读不懂的眼神凝望十一岁的我，魅惑的，哀伤的。在我读书的片刻，除了表弟们的嬉闹声，桃园姨也低声叨叨跟母亲说了些什么。姨丈偶尔出现，每次都是一样的笑容，忙碌的他很快淡出画面，常常不在家。

如果现在的我踏入那旧日的三房两厅，应能嗅出些什么，所有的线索都铭记在家具、物件上，内心话和情绪其实都在那些洁与不洁、整齐与混乱的物事上留下证据——明亮与败坏的痕迹。那些从不是观赏的静物，而是证物，婚姻的日常轨迹。现在的我应该能够。但当时我也只是孩子，无从留心细节，身心变化对少女来说也是永不停息的熟夏，火火躁躁将我往前推，一刻不停，待我上大学，某天见到桃园姨之前，母亲先慎重提醒，等一下见到面要叫她"师父"，不是阿姨了。

阿姨出家，成了比丘尼。

另一位阿姨，很久之前的初二，我在母亲彰化娘家见到的她，正是婚后脸变圆润的时阵，妈妈和阿姨们望着些微发福的她，揣度是否有了身孕，一脸幸福的阿姨甜甜笑说哪有别乱说。阿姨非常美，一头长发闪动光泽，我心想若她有了孩子，一定也是美丽的。然而之后发生了不少事。我从阿姨们和母亲的低语中拼凑着线索。过了几年，阿姨去了印度，学习并教导不同国家的人禅修，着紫色纱丽的她走在烟尘处处的穷乡僻壤，成为我永不磨灭的印度印象，是她让我认识了印度、茹素及佛陀，为此我深深感念。回到台湾待了几年，在外婆去世后，阿姨也出家，成了比丘尼。

两位阿姨出家相隔快二十年，在这段时间中，我的表妹，大阿姨的女儿，订婚后的一段时日，在亲友的讶异声中，突然离家，住进寺庙，剃了发，修行去了。想想，人们会说"突然"，恐怕是无从留心细微线索的缘故吧，虽然我并没有和表妹深聊过，但总觉得这不见得突然，而是日积月累的内心酝酿吧。事出必有因，因多半微细，凡俗如我辈只能看见巨大的果，因而觉得突然。爱情与男方家人可能已开始磨损她，她一定是看到什么预兆，也有足够的勇气，方能在盟誓后断然拒绝走入婚姻和家庭。

这是母亲娘家的女眷们，我常常想起她们。想象她们剃除长发，披上素衣袈裟，于青灯古佛下垂目诵经的模样。尽管曾有不快乐的过往（回娘家方能大吐苦水），但我想现在的她们应该真的快乐起来了吧。出了家就少回娘家，外婆往生后，更无娘家可回，即使回去，也是没有母亲的家了。出了家，也不再有"娘家"式连续剧的高潮迭起，不断加集数还演不到尽头的纷扰。随念又想，她们要战斗的恐怕更甚于在家女众，真切面对自心，面对老病，面对无始的生死与无尽的轮回，另一种境界的战场。

忆起小时候母亲念童话故事给我听的过往。现在，睡前故事就是娘家事，我不断发问，母亲追忆、响应，我也寻出童年印象与模糊感受核对，有时母亲一下子就帮我解惑，有时却一下子将彼此推入迷雾森林。如果问太细，她就说：哎呀，这么久以前谁记得，很多事早就记不住了。说着说着，声音渐杳，母亲睡着了。

进入中年，我也开始忘失，幸而旧照提醒我那些不该忘记的事。

从前从前，在母亲的二林娘家，三合院的后面，曾有一片竹林，年幼的我躺在木板硬床上，望向纱窗，满眼皆是丰盈的绿意，听风吹竹叶，沙沙沙。竹叶声浪衬着屋檐下的女声，母亲的、阿姨的、外婆的交谈，时而高亢时而低频，时而斗嘴时而欢笑，不爱午睡的我就在多声部的环绕音场里蒙眬睡去。

阳光穿透竹叶间隙,筛过纱窗,在我合上的眼皮舞动,好似不舍得我就此睡去,要我再睁开眼多看、多听。记忆也穿过时光,抵达身旁,睡在母亲身边的我仿佛再度感受到一股暖流,眼皮上好似有光。

像梦话,对母亲或对自己说:我好累,我想好好睡一觉。

原来你什么都不想要？

· 1 ·

凌晨一点,室友们齐声说:"生日快乐,晚安。"我戴上耳机,准备入睡。蒙眬间,强烈的撼动开始,室友惊喊:"地震!"书籍及各类物件纷纷坠地,东西倾倒的声响夹杂着高分贝尖叫,仍穿宽松睡衣的我,慌乱跟随宿舍里的众女子,从高楼往下奔逃。

宿舍前站满仓皇逃出来的女生,叽叽喳喳,分享惊恐瞬间也分享棉被,余震频频,没人再敢回宿舍。接着,男同学们陆续来到,在黑压压人群中寻觅恋人。瞬间,我想及大我一岁的学长正在高雄当兵,他还好吗?不免担忧。隔天停课,搭公交车返家,从广播听到了"震央在集集,目前死亡人数是……",全车的人同时倒抽一口气,车厢内全是肃穆的气氛。整条街停电,全家依靠收音机得知哀伤的消息,接连几天,我不敢单独睡,连同从台中返家的妹妹,在主卧室打地铺,之后几周,我收集报纸上大震的消息,全都是破碎家庭、破碎的脸与表情。后来,那天成为岛屿的集体创伤:"九二一"。

"九二一",升上大四的我刚满二十一岁。重看当年的日记,发现大震前的我,烦恼的约莫是研究所考试、永远的减肥功课、与恋人的口角冲突,预期的生日愿望不过是少掉两公斤以及必修课不要被当,行事历上,还预先注记庆生地点——好乐迪,旁边画上闪亮麦克风。当时的我无法预知天灾将至,也无法预知大震中所有的毁灭与日后重生,地震与死亡重组了许多人的生命板块,黑暗中擦亮的烛火不为了唱生日快乐,而是为了照明、哀悼与祈愿。

十几天后和从军营放假的学长见面。我叨叨更新近日状况,他始终没回应,半晌,慢慢吐出字句:"看到……看到尸体,有些地方都断掉了,很可怕。"后来才知道,危难之际,他和许多完全没受过专业训练的大头兵,毫无准备地进入灾区,在尸臭弥漫的倒塌建筑间挖寻尸体。所谓的心理咨询和辅导，是几年后才意识到的事。

· 2 ·

直到现在，只要在毕业典礼听到"say goodbye, say goodbye，昂首阔步，不留一丝遗憾"，就会想到那年张雨生车祸的现场，变形的车头，掉落的眼镜。不识哀愁，也要大声唱"如果大海能够带走我的哀愁，就像带走每条河流"，不抽烟，但望着昏黄天色也不自觉哼起《没有烟抽的日子》，更别说那些无数个彻夜未眠的欢唱时光了，唱完张雨生还要唱张惠妹的《原来你什么都不要》。

但当时的我明明什么都想要，想紧抓手心，留在身边，仔细留下每次的电影票根，背后写下跟谁看、简单感想等字样，像看了三遍也哭了三遍的《泰坦尼克号》，杰克从背后紧抱罗丝的经典电影海报，一九九七年，莱昂纳多的金发在风中飞扬，至今却在我娘家安静蒙尘。同样看三遍也哭三遍的则是吴奇隆和杨采妮饰演的《梁祝》，一九九四年的我未尝爱情滋味，却甘愿用大量眼泪频频换取最终凄美。被留下的还有电话卡、和同学互传的纸条，关于青春的诸多衍生物，距离山下英子提倡"断舍离"的十多年前，我拥有一个又一个被塞爆的抽屉。即使眷恋如此，每次我还是过分投入，模仿屏幕上的张惠妹："原来你，什么都——"皱眉，侧脸，张手，深情抖音："不——想——要——"闭目，结束。离开KTV包厢，现实总是亮度过高，我扛着砖头厚的《说文解字》，在百花川上狂奔，钟声响前溜进教室，坐定，打开笔记本，努力让自己静下来。至少，文字学的必修学分，我很想要。

什么都想要，也什么都叫我分心的大学时代。

校园餐厅前，当我听惠婷以迷人又旋绕的嗓音缓缓唱出内心骚乱时，并不知道几年后Tizzy Bac发行的第一张专辑叫《什么事都叫我分心》，更不知道贝斯手许哲毓在十多年后意外离世。

· 3 ·

钟响后,大一英文课的外籍老师趁同学入座时关灯,带大家闭眼冥想。老师要我们眼观鼻鼻观心,静坐数息,十分钟后才讲课,宛如哲学家的他缓缓道出通向解脱的秘义,但凌晨才唱完张惠妹的《解脱》和许茹芸的《泪海》的我始终亢奋,难以迈向清凉地,只好不动声色摸出村上春树的《且听风吟》,试图读出文中"还足够年轻,却已经没有以前那么年轻了"的玄义。

偶尔在校园看见女尼。一九九六年秋天,大专女生集体出家的事件轰动台湾,至今仍依稀记得当时新闻回放的画面:下跪、拉扯、哭号(当时"崩溃"一词还没有被频繁使用)、地上打滚。镜头不放松地咬紧亲属的抽搐表情和肢体动作。凝望那些年轻而坚定的脸,我想:是什么原因,让她们什么都不想要?青春难道不是等待绽放的鲜亮花蕾,她们怎么会下此决定?她们究竟看见了什么?我想象粉红色的房间,所有的物事都笼罩在光晕中,或缀以蕾丝和珠串,纱裙，泡泡与亮片，但壁纸没粘牢的墙角掀起裂口，青灰的壁癌早已蔓延，大多数人并没有看见。

那场事件于新闻反复播送的前几周，我参加了另一个团体举办的禅修营，妈妈挟着我去的，三天静坐课程大抵都在妄念纷飞中度过，想完炸猪排饭想着减肥，想着出租店刚租回来的阿保美代，随即又复习上周才看的电影《情书》，中山美穗和柏原崇美好的脸庞，不时在几次数息间汹涌奔入脑海，"你好吗？"中山美穗在无垠的雪地中大喊，寂静中传来的只有回音。闪入念头的还有费解的数学题，中学时的升学压力，然后是池田悦子《恶魔的新娘》里的种种诱惑：你愿意拿健康、美貌和善良换取名利吗？即使恶魔常在惊悚的故事完结前现身，挑衅地揭开荣光后的腐烂内里，好物不坚牢，但全部的人不也都掏空自己换了？

如果可以换，我应该很想拿什么来换数学成绩吧。收到联考成绩单，母亲瞪着数学那栏的成绩"16分"时（当年的低标是"21分"），善于记账的她快速换算的，究竟是不是三年昂贵补习费的超低投资报酬？唯一记得的是她坚持要我申请重新验算成绩，我也坚定拒绝，因为当年考完核对答案只有十一分，也始终搞不懂那多出的五分是怎么来的。

大考前一年的五月，邓丽君的猝逝震惊华人世界。经过火车站附近的唱片行（倒闭后经过数次更换，现在暂时是夹娃娃机店），女声幽幽飘来："月有阴晴圆缺，此事古难全。但愿人长久……"即使语文课堂，我们就几场死亡和意外，拙劣又装懂地辨析生存和死亡、意义和价值，除了邓丽君猝逝、卫尔康西餐厅大火，还有一位聪明开朗的学姐突然车祸亡故，生命的意义最终是什么？唇枪舌剑完大家都好（心）虚。是的，当"但愿人长久"的女声宛如某种神谕在耳边回荡，凡俗的我仍跟成绩死命缠斗，心想：到底怎样数学才能多考几分？

我要成绩，我要成绩，想象自己如同日本综艺节目的设计桥段：额间绑白布条、握拳站在学校顶楼大喊宣示。

深夜数学题化成猛龙无数，蜿蜒而无尽头的阶梯无数，于梦中活跃并延展。持续折磨心志的还有排名、补习、被比较也被羞辱之二三事——地科老师在全班面前,拿着我的地科报告讥讽:"这篇文章一定要好好念一下。"轻笑一下,"这位同学以为她在写文学作品。"当时的我只想躲入地洞,殊不知七年后的我真的写出一本所谓的"文学作品",那位男老师则因疑似骚扰女学生而黯然离校。为了迎战白昼的升学闯关,我只能消极地听范晓萱作为防御,清纯女学生模样的她在彼端唱着:"深深深呼吸,不让泪决堤。"同样留着清汤挂面头的我,终于挨到每日的睡前片刻:摘下深度近视眼镜,深深深呼吸,感觉沉积在胸口的忧郁蓝光稍微淡了一些,然后,等待眼泪慢慢地、慢慢地流出眼眶。

失眠、心悸、胸闷与伴随而来的恐慌被归纳为升学压力,这种诊断对大家来说都比较容易理解,当年无以名状的感觉,逼促着我随意抓起几本父亲放在候诊室的畅销书籍,当时作者所倡导的"身心安顿""烦恼平息"等新生活哲学,曾风靡一时,但无论我读了多少本,都未因此快乐起来——这位大师则在婚变而被众人挞伐等事件后,瞬间从心灵导师变成争议人物，无常的最佳示现——只能继续听范晓萱唱："心碎，在扰攘的街，我的伤悲你没发觉。"发现烦恼无法平息，干脆读起大量言情小说，在从来不属于自己的跌宕剧情中，反复操练心碎的痛楚。

我在日记上写着"专家们纷纷痛斥，呼吁检讨教育制度"，胸口的压迫又浓了些，灰色天空逼出眼泪，惶然在校园操场狂奔，渴望到达终点，但所谓的终点到底是什么？终线又画在什么地方？距离我读到凯·雷德菲尔德·杰米森的《躁郁之心》，还要七年。

· 4 ·

那段时日，我常剪下报纸刊载的欧阳应霁《我的天》四格漫画，也学着画起漫画，从简单线条中，安置杂芜而缠绕的心绪。虽然被我写下、画下的仍是排球课，合唱团练唱，谁谁谁谈恋爱、耍心机等少女记事，但我印象最深的是，一位准备写遗书的少女，在翻看日记的最后，决定好好活下来。

最靠近的死亡是阿嬷,往生前一晚,我第一次梦游,隔天完全没有印象。提前来学校接我的阿伯说,今天不补习了,去看阿嬷。以为去医院,蒙眬睡醒才惊见方设妥的灵堂,阿嬷瞬间从活生生的人变成黑白照,直到那天我才稍微体会常轻易就写在作文簿上的成语:晴天霹雳。那年我初二,生命中只有读书考试,父母也只希望我好好读书考试,他们则在我啃书时轮流上起各式禅修、气功课。

阿嬷的卧房被隔成两间,我和妹妹因此拥有了独立空间,她的贴着粉红壁纸,我的则是粉蓝,壁纸贴得平顺,崭新的梦幻少女房,好多又新又空的大小抽屉,等待被热闹的青春填满。

某天,我在床上听L.A. Boyz(洛城三兄弟)的《金思顿的梦想》,轻哼着"你是否能够感觉到,街道上,人群中,传来令人快乐的节奏",斜倚床头,瞥一眼衣柜门的矩形设计,竟发觉:天哪,形状好像棺木,于是每次开衣柜,就不禁想起那年看的《亚当斯一家的价值观》。夜晚,窗外路灯将衣柜轮廓照得过于明晰,吓得我后来只得去妹妹房间打地铺。

矩形衣柜的第二层抽屉，有一只贴上爱心的玻璃杯，是一九九一年的九月二十一日好友送的生日礼物，后来我将暗恋男生的制服第二颗纽扣，连同纸折星星和小纸条等悄悄放入，当时并不知道，珍爱的若干纪念物在随后几年的大扫除中，全部成为垃圾。玻璃杯虽然逃过数年后的大震，却在一次翻找学位证书时，胡乱碰撞而摔碎。

那时玻璃杯里除了朵朵灰尘，早就什么都没有了。

后记

二月交出书稿至今,又发生了几件事。

三月二十三日凌晨一点多,在地震中被撼醒,我住高楼,更有剧烈晃动的错觉,由此召唤出"九二一"的可怕记忆,几秒内的恐惧瞬间无限延长。虽安然无恙,但剧烈摇撼总带来内心余震,令我真切感受到,岁月并不静好,世界并不恒常。三月,远方持续的战火透过屏幕来到眼前,多少人离家、战斗、流血和死亡,三月还没结束,岛屿的疫情持续升温,到了四月中,病例破千,五月前破万,疫病又流行了。

在这般无常却努力维持日常的时日,收到琼如寄来的校对稿,重读之后,该是熟悉却感陌生,书中的事像是另一个女子的人生,像起床后的被窝,留有我的余温和身形,却已经与我无涉,是昨日蜕下来的皮。又像一名女子的画像——不是我,我只是看画的观者。超然吗？其实不是，只是变化，板块、战事、病毒、流言都会改变形状，情感和情绪不也是时时刻刻变异？平静有时，凶险亦有时。

读书、写字、教书之余，也看了几部剧，例如《虚构安娜》，安娜·索罗金以安娜·德尔维之名走进曼哈顿上流社会，她在IG（Instagram，照片墙）上的形象是，德国富二代、社交名媛、对时尚和艺术独具品味，也是准备起飞的女创业家，但她最后被起诉多项欺诈罪。这部片撼动了我的内心，里头的创业家们对未来的许诺，展现出锐不可当的魅力，无比熟悉，不过真正迷惑的是叙事，不同的视角就有不同的声音，而什么被看到或被听见，又是由复杂的童年经验、成长背景、学习环境等条件拣选出来的。《创造安娜》的每一集开头，都有那句幽默、讽刺十足的提醒："全部都是真实故事，虚构的部分除外。"虽然预期每集片头会出现，但每次我仍旧充满惊喜地看这两行字，然后在笑不出来的时刻，真心地笑出声来。

在疫情升温的时刻，我校对着一名（陌生）女子的画像。几次,我将文中的"她"改成"我",也将"我"改成"你"或"她",那是书写过程中改了又改的片刻,改到最后自己眼花。人称的选择有不得不然,如同人生的诸多选择也是不得不然,毕竟,已经(终于?)来到不能任性说"我什么都不要",然后放逐自己随感受漂浮的中年(危机?)了;也不能说什么"那是某某某说的",然其实脱胎于自己经验的假话。如果可以,很多时候,被丢在太多无常而分不清身处哪出戏的我,倒希望全是我借用的人称、偷来的故事,全出自我的失忆和妄想,真的。

　　写作必然是创造,借由这个过程,我也不断创造出那么真又没那么真的自己,每个自己不过是矛盾真相的并置和陈列,局部而非全部。安娜的闺蜜瑞秋在法庭中,回应安娜律师的话——"因为篇幅不够",然就因篇幅不够,瑞秋才隐瞒了部分的矛盾真相吗?例如她和安娜出门,几乎从未付过账单,享受着"假名媛"安娜大方买单的过程,也没有说出将她与安娜相处的故事卖给杂志社、书商和影视媒体,所获得的利润是安娜刷爆她的卡的好几倍。瑞秋的闪躲象征着没被写出来的故事：不是篇幅不够，是勇气不够。直视镜头很容易，但直视自己则需要勇气。写下的同时必有隐匿，被文字之光照显的地方，必有阴影，阴影浓黑，将我的歇斯底里、暴力、厌弃及其他（对他人而言难以忍受的）圈圈叉叉点点点，储存成腹语。

《原来你什么都不想要？》《梦中足迹》曾刊登于《联合报》副刊，来自王盛弘的邀稿，其中，《梦中足迹》安插了同样写家乡、刊载于《印刻文学生活志》的段落。《之间》也是因应《联合报》副刊主题而写的，后来抽出"断舍离"的片段，与另一篇文章合并后进行改写。《一个母亲的误读》也改写自发表于Openbook上的文章和书评，近年因王盛弘邀约，读了几本好书，我选择其中喜欢的书评重组，加入个人经验，与自我对话。《头朝下》则是出版《以我为器》之后，瑜雯姐邀请我和言叔夏所进行的"相对论"对谈摘选，我从四次对谈稿中，找到相通的主题，删减及增补而成。

近年写得少，因此特别感谢瑜雯姐和盛弘的邀稿,让我借此整理阶段性的生命篇章。又,尚有部分文稿皆经重新整理与改写,故不特别标示出处。然大多数的文章未曾发表,写在日记中,写给自己看。如果不是木马文化的琼如聊起,然后在我忙乱过后某个接近宿醉的片刻,跟我敲定书稿稿约,大多数的文章不会重新被检视和整理,由于这个出版邀请,让我在半年多来因疫情宅在家的时光里,整理物件,检视往昔步履,搜集家中和回忆中的声音与噪声。完成书稿,想了几个书名,最后采纳蕙慧姐与琼如的建议,以本书最后一篇的"原来你什么都不想要"为书名。谢谢琼如似远又近的鼓舞和陪伴。

特别感谢撰写推荐序的佳娴,感谢写推荐语的周芬伶老师、陈美华老师、李仪婷、言叔夏、吴妮民、郭彦麟和蒋亚妮,直指核心,抵达真心,又从不同面向深入阅读,让这本书有会遇不同读者的可能,为此我深深感谢。

感谢近年为我输氧的家人与朋友,尤其是妹妹、政茹和雅筑,听我一遍又一遍重复叙说,还有脆弱时刻,提供智慧处方笺的师长,恒常的信仰与皈依处,无常中，仍以一颗不变的心，及丰厚的悲智双翼，让我有飞越沼泽的可能。

看完《创造安娜》的那晚，我也校对完整份文稿，之后找出张惠妹《原来你什么都不要》，在房间里反复地唱："我不要你的承诺，不要你的永远，只要你真真切切爱我一遍，就算虚荣也好，贪心也好，最怕你把……"还没唱完，幽暗天空飘雨，望向起雾的窗，一片朦胧。

说真的，安娜究竟是谁创造的？

2022.4.20

2022.5.12 修改